退屈嫌いの封印術師
3
～封印術師と受け継ぎし者～
boredom hating sealer
空松蓮司
Soramatsu Renji
Illustration 伊藤宗一

第三章　封印術師と受け継ぎし者

第四章　封印術師と巨人の戦士

CONTENTS

外伝　万物を喰らう者

CHARACTER

人物紹介

◆シール＝ゼッタ

バルハとの出会いで人生が変わった新米封印術師の青年。
師の想いを引き継ぎ旅に出る。

◆バルハ＝ゼッタ

最強の封印術師。大量虐殺の罪を着せられ投獄された。
獄中で出会ったシールに大きな可能性を感じ弟子にした。

◆シュラ＝サリバン

妹のアシュとひとつの体、ふたつの精神を共有する太陽神《ラー》の呪いをその身に宿す少女。
解呪の方法を探している。

◆アシュ＝サリバン

接近戦の得意なシュラとは反対に遠距離攻撃に長けた少女。
姉のことが大好き。カワイイもの好き。もやしも好き。

◆ソナタ＝キャンベル

自称吟遊詩人の騎士団の大隊長。
嘘を真実に変えることが出来る魔術師でもある。

◆【銃帝】

バルハ＝ゼッタの実弟で魔帝の一人。
レイズを倒したシールに興味を持つがその目的は謎。

◆レイラ

バルハ＝ゼッタが溺愛していた孫娘。
祖父の濡れ衣を晴らすためシールのパーティに加わった。

STORY

監獄に囚われた青年、
シールは暇を持て余していた。
閉鎖された空間、変わらない景色。退屈な日常。
そんな彼の前に、ある日年老いた一人の囚人が現れる。
名をバルハ＝ゼッタ。職業、世界で唯一人の封印術師。
異質なオーラを放つ老人に強く興味を持ったシール。

――良い暇つぶしになるかもな。

その日のうちにバルハに弟子入りし修行が始まるのだった。
大量虐殺の罪を被せられていたバルハは
呪いを受けており獄中でこの世を去ってしまうが
師の教えと想いを受け継いだシールは旅に出ることにする。
シール＝ゼッタ。退屈を嫌う、一人の封印術師として。

魔帝レイズに勝利し島から脱出したところ
海へ投げ出されたシールはある街に流れ着き
師匠の孫娘レイラと奇跡的な出会いを果たす。
師に託された手紙を渡そうとするが祖父を憎む
レイラはそれを拒絶しシールに勝負を挑む。
彼女の祖父仕込みの技術と特殊能力に苦戦するも
なんとか勝利を収めたシールは手紙を渡すことが出来た。

そして、旅立ちの日。
「おじいちゃんのぬれぎぬを晴らしたい」
とレイラはシールのパーティに参加するのだった。

第三章 ◆ 封印術師と受け継ぎし者

第六十二話　伝説の再生者

この世には7体の再生者と呼ばれる存在が居る。

再生者はロンド暦が始まると共に生まれたとされている（確証はない）。

再生者の特徴は大きく二つ。

一つ、絶対に死なない。どんな傷もすぐさま治す自己再生能力がある。

二つ、人間という種に対し怒りを抱いている。再生者は動機や方向性《やりかた》は違えど、必ず人類を滅ぼすために動く。

再生者に滅ぼされた国の数は知れず、白暦《はくれき》の時代にあった五つの大陸の内、一つは再生者の力によって沈められた。

ロンド暦0～500年の間は再生者の時代と言っても過言ではない。まだ魔力の扱いが拙《つたな》かった人類は徐々にその数を減らしていった。

だがロンド暦500年に誕生した原初の封印術師によって、再生者の時代は幕を閉じた。

封印術師だけでなく、ロンド暦500年を境に再生者を単独で撃退できる術師が次々と現れた。

再生者、および魔に属する者達は彼らをこう呼んだ。

――〝天に仇為す者達《ナチュラルエネミーズ》〟、天敵と。

ここ半世紀で、〝天に仇為す者達〟と括られた者は7人。その内の2人、バルハ＝ゼッタとサーウルス＝ロッソは死亡し、現在残っているのは5人。

その残った5人の内の1人、アドルフォス＝イーターはとある湿地を訪れていた。

「ようやく見つけたぞ。再生者」

満月が空を彩る夜。

湖を挟んでアドルフォスは彼女を睨みつける。

再生者と呼ばれた女性は一見、老若男女問わず虜にするほどの美女だ。服は一切着ておらず、その美貌を惜しみなく晒している。

「こんなところで魔力を蓄えていたとはな……」

彼女はゆっくりとアドルフォスの方を振り返り、涙にぬれた瞳で訴えかける。

「そんな……そんな怖い目で見ないでくださいっ！　私はアナタが思うような存在ではありません」

アドルフォスは白々しい演技を見せつけられ、心底呆れたようにため息をついた。

「泥帝《でいてい》〝アンリ＝ロウ＝エルフレア〟。万物の根源とされる〝泥〟を操り、大陸の一つを泥沼にして沈めた伝説を持つ」

「……。」

彼女——泥帝はアドルフォスの迷いのない眼光を浴び、「ふふ」と笑みをこぼす。

「そこまで知っていてよく私の前に来られたわね。そうよ、私は伝説の再生者。アナタ如きが勝てる相手じゃないのよ？　竜翼《りゅうよく》の坊や」

「20年前にバル翁《おう》に封じられ、他人の手を借りてようやく復活できただけの癖に、よく吠えるな」

「あぁ？」

「伝説はもう終わってる。そしてこれから始まることも無い」

「アナタこそよく吠えるわね……」

女性の肌が溶け、全身が茶色に染まっていく。

アドルフォスは鼻につくドブの臭いに顔をしかめる。

「アナタ封印術師……なわけないわよねぇ」

泥帝はアドルフォスの背に生えた竜の翼に視線を集中させる。

「形成の魔力で体をモンスターに化けさせる変化術師《へんげじゅっし》ってとこかしら？」

「どうかな」

「封印術師じゃないなら、私の脅威にはなりえないわ……！」

顎を上げて、アドルフォスを見下す泥帝。

アドルフォスは表情一つ変えず、静かに靴底を地面に擦りつける。

「……卵を割ったら黄身が2個出てきた」

「はぁ？」

「釣りをしたらいつもは見かけないレアな魚が釣れた。ずっと探していた本が小さな村のアンティークショップで見つかった」

「だからなによ？」

「そして、お前が今こうして目の前に居る。今日の俺はすこぶる運がいい……俺の最大の弱点である不幸が、今日はない」

アドルフォスは右足を一歩前に進める。

泥帝はそこでようやく、アドルフォスが内に秘めた魔力量に気づいた。

「――ッ！！？」

泥帝はすぐに余裕を崩し、頭の中で戦術を組み立て始める。考え無しでは勝てない相手だと察したのだ。

（こ、この魔力量……！　嘘でしょ。再生者《私》よりも――）

「覚悟しろ。幸運な俺は絶対に負けん」

ずし……と男性1人分の重みが地面に乗った音。その音を聞いて、泥帝は全身から汗を滲ませ、大きく距離を取った。

「肩慣らしの相手には、ちょうどいいわねっ!!」

泥帝の体がはじけ飛ぶ。

泥帝の体から溢れた泥が、刃になってアドルフォスの眼前に迫った。

「〝旋風陣《ヴォンセルクル》〟」

アドルフォスは呪文を唱えて旋風を纏い、泥を払う。

「なぁんだ、その程度？　期待はずれね！」

アドルフォスの周囲の木々が泥に溶け、渦巻くようにアドルフォスを包んだ。――が、すぐに風によって泥は払われた。アドルフォスはポケットに手を突っ込んだまま、退屈そうな瞳で泥帝を見上げる。

「なんだ、その程度か？　期待はずれだな」

「――ッ!?　このガキ……！」

泥帝はすぐ側の湖に飛び込む。

すると湖の水は茶色に変色し、その水場一帯が泥へと変わった。泥は高波となってアドルフォスに向かって降りかかる。

アドルフォスは竜の翼を羽ばたかせ、空に飛んでこれを回避。

続く泥の弾丸を飛行しながら躱《かわ》していく。

(触れた物を泥にする力。加えて泥を自在に操ることができる。触ったら一発でアウト、接近戦は禁物……)

風景が次々と泥色に変わっている。

大地も、湖も、大気でさえ、泥に変える泥帝の制圧力。

このまま行けばこの湿地全体が泥になるだろうとアドルフォスは予測する。

「眉唾な伝説じゃなさそうだ。コイツは放っておくとまずい……!」

「ドロドロにしてあげるわ! 竜翼《りゅうよく》の坊や!!」

泥帝は泥で無数の巨大な手を作り、アドルフォスに向かって伸ばす。

アドルフォスは一度地面に降り、まだ泥になっていない地に右手を付けた。

アドルフォスは形成の魔力で地面から剛鉄の塔を百に及ぶ数出現させていく。塔が泥の手の行方を阻み、ガードする。

泥の飛沫で視界を狭められたアドルフォスは目ではなく鼻に頼った。

「後ろかっ!」

アドルフォスは背中の方から泥の匂いを嗅ぎ取り、回避の姿勢を作るが——

「やっぱりねぇ!!」

アドルフォスは振り向き、声の先から離れるも伸びた泥の剣に左腕を斬り落とされた。

「ちっ!」

「中距離から遠距離が得意なタイプ。そして、近距離戦は苦手なタイプでしょ！　アナタ！」

泥の剣を持って、泥帝は確信を持った声で言う。

「そうだな。近接は確かに……結構負ける。苦手な分野かもしれないな」

アドルフォスはあっさりと認め、左肩から剛鉄の腕を生やした。

「血が流れていない……元から義手ね」

泥帝は地面を泥に変えていく。

「だからなに、って話だけど！」

アドルフォスは危険を察知し、空に飛び上がる。泥帝は泥で天を覆い、アドルフォスが空高く飛び上がるのを封じた。

アドルフォスは仕方なく低空飛行で湿地を駆けまわる。

「きゃっはははぁ!!　ちなみに私は接近戦だーいすき！　生きたまま泥像に変えてあげるわ！」

泥の翼を生やし、泥帝も空を駆ける。低空飛行するアドルフォスに近づいていく。

地面から生えた泥の棘が下からアドルフォスを狙い、天を覆った泥からも同じように泥の棘が発生し、頭上からアドルフォスに迫った。

泥帝は泥の剣でアドルフォスを正面から狙う。

「そらそらっ！　どうしたのかしらぁ！　距離は取らせないわよ!!」

「――ッ！」

上、下、正面。三方向からの同時攻撃。

アドルフォスは変幻自在に間合いを変える泥の刃を避けながら上下に瞳を動かす。

「この量の泥は旋風でも捌けないでしょう!?」

後方の地面が泥に変わり、せり上がって退路を閉じていく。

アドルフォスは逃げ場を失い、追い詰められた。

「――やはり人間、取るに足らずっ!!」


――絶体絶命。

上下前後、全てを埋められた状況で、
アドルフォスはただ、調子に乗っている泥帝の姿を苛つきを帯びた瞳で見下ろしていた。

「侮《あなど》るなよ再生者……!　お前の得意が、俺の苦手より上とは限らないぞ」

アドルフォスは全身から青き魔力を放出する。

泥帝、泥の天井、大地、アドルフォス周辺一帯を全て青魔が包み込んだ。

青魔は回転し、激流を生み出す――

「なに!?」

「――流纏《るてん》ッ!!」

嵐のように渦巻いた青き魔力が、アドルフォス周辺一帯の泥を全て弾き飛ばす。

迫っていた泥の棘、上空を塞いでいた泥の天井、泥の剣、その全てが青魔によって流され瓦解した。

「そんなっ⁉」

泥帝は文字通り丸裸になり、泥の翼も失い無防備な状態で空を漂う。

泥の天井が無くなり、月明かりを浴びたアドルフォスは錆びた剣を持って泥帝に向かって飛行する。

「まっ――‼」

「〝泥滅《でいめつ》〟」

アドルフォスは錆びた剣を赤き細剣に変化させ、泥帝の腹に突き刺し、そのまま地面へ叩きつける。

泥帝の腹から流れる赤い血。

泥帝は己の腹から流れるそれを見て、顔に動揺の色を宿した。

「どう、して……？　攻撃を、受け流せないっ⁉」

「その剣の名は〝万物を殺す剣《クラウ・ソラス》〟。魔物の実体を捉え、魔力行使を封殺する剣だ。それでも、再生だけは防げないがな……」

アドルフォスは右足を上げ、地面に叩きつける。

地面から生える剛鉄の窯。アドルフォスは剣を突き刺したまま泥帝の腕を掴み、窯の中に泥帝を投げ込んだ。

「ぐっ!?」

剛鉄の窯の底に頭を打ち付ける泥帝。

「無駄よ！　こんなところに閉じ込めたところで、私は……」

泥帝が空を見上げると同時に、炎の塊が窯に投げ込まれた。

「いや――ふざけんなゴラァ!!」

炎を浴び、燃え盛る泥帝の体。

アドルフォスは剛鉄の窯が炎で溶けないよう、旋風の加護を窯に付与する。

「ぐ――ああああああああああああっっ！！？」

最後にアドルフォスは空気穴を開けた剛鉄の蓋を窯に被せ、剛鉄の鎖で窯をさらに封じる。

窯を中心に剛鉄の祭壇を作り、風の結界を祭壇に纏わせた。

「……一生死んでろ」

アドルフォスは窯に背を向け、歩き出す。

(この付近は街も村も無い無人地帯。ここなら、万が一コイツが脱出して暴れても問題ない……コイツの魔力をギリギリまで減らした後で、監視しやすい場所に移そう)

アドルフォスはふと足を止め、月を見上げた。

――『封印術師じゃないなら、私の脅威にはなりえないわ……！』

泥帝の言葉を思い出し、アドルフォスは『その通りだな』と目を伏せた。

（癪《しゃく》だが、あの泥女の言う通りだ。俺じゃ完璧な封印はできない。封印窯も維持すればするだけ魔力を喰う……これをあと6体分作り、全て維持するのは無理だ）

第一、アドルフォス自身が命を落とせばこの簡易的な封印は解けてしまう。永遠に対象を封じ込めるのは不可能。

アドルフォスは視線を落とし、いつかの恩人のことを思い出す。

「封印術師なしで、どうやって再生者《こいつら》に対抗すればいい？　教えてくれよ。バル翁……」

そう呟き、アドルフォスは飛び去った。

◆

アドルフォスが飛び去った後で、ある1人の男が湿地に姿を現す。

「おいおい、女にひでぇことしやがるぜ、あの男」

腰に拳銃と呼ばれる武器を据える男。白髪の老人だ。

バルハ＝ゼッタの弟であり、シーダスト島でシール＝ゼッタと対峙した魔人、〝銃帝〟である。

「あの泥帝を真っ向からねじ伏せるとはな……いいねぇ、そうこなくっちゃこっちも準備のし甲斐がねぇぜ」

銃帝はしたり顔で泥帝が封じられた窯に近づき、風の結界の外から銃口を窯に向ける。

「ヒヒッ！　精々アイツの成長のきっかけになってくれや。再生者殿……」

火薬の弾ける音が夜の湿地に響いた。

第六十三話　旅日和

——釈放まで残り一か月半。


まだオレが爺さんと牢屋の中に居た時、オレは爺さんに一つの質問をした。

男の子なら誰だって気になることだ。

「アンタが今まで見てきた中で、一番強い魔術師って誰だ？」

封印術の訓練の合間にした、暇つぶしの質問。

オレが問うと爺さんは本を読む手を止めた。

「私以外でか？」

「アンタ、意外と自信家なところあるよな……」

爺さんは「ふむ」と顎を撫で、数秒の間を置いた後、口を開いた。

「強さと言っても様々な種類がある。戦いには相性がある。最強、などというものは存在しない」

「はー、つまんねぇの。オレが聞いた時、パッと浮かんだ奴が居るだろ？　——あぁ、アンタ以外でな」

　爺さんはまた数秒置き、

「そうさな……強《し》いて言えば私が最後に組み、共に冒険したパートナーかな。まだ粗削りだが、成長し、経験を積めばいずれ私の全盛期を超える力を得るかもしれない」

　爺さんは「いや」と言葉を繋げる。

「――ポテンシャルを含めるならば、もう2人候補は居るか」

「誰の事だ？」

　爺さんはチラリとオレを見て、鼻で笑った。

「秘密だ」

「はぁ？」

　爺さんは再び本の方へ視線を戻す。

「今の話で思い出した。そういえば、彼にはまだきちんと言っていなかったな……この前も言い忘れた」

　彼ってのは今の話で出た相棒のことだろう。

「なにをだよ？」

　爺さんはゆっくりとページをめくりながらラストパートナーに言い忘れた言葉をオレに伝えた。

　オレはその言葉を、オレに向けられていないその言葉を、なぜか今でもずっと覚えていた。

◆

無事マザーパンクを出発したオレ、シュラ、レイラ、ソナタは芝生の道を行く。

空は晴天、足元は芝生。

遠くに見える火山と渓谷。視界いっぱいに広がる平野。

なんという旅日和、旅道中だろうか。

他人の目が無ければ芝生にダイブし、転がり回っているだろう。

「なぁソナタ。爺さんが最後に組んだパートナーってアドルフォスだよな？」

オレが聞くとソナタは「そうだよ」と返した。

「それがどうかした？」

「前に爺さんが言ってたんだよ。最後に組んだパートナーが最強の魔術師だったたってな」

「へぇ。まぁ確かに、現状再生者と1対1で安全に勝てるのはアドルフォス君ぐらいかなぁ。僕も条件次第では倒せないこともないけど」

「条件？」

「わー！　もう引っ付くな！」

乱れる足音。

背後を見ると、レイラが右腕をシュラの左腕に絡めていた。

「別にいいでしょシュラちゃん！　わたし達、女の子同士なんだから！」

レイラがシュラの側に足を寄せていく。

女子同士の戯れ。目の保養だな。

「あ、ちょ、やばい……もう替わっちゃう！」

「きゃっ⁉」

シュラがポンッと消え、アシュが現れた。ま、オレもそろそろだと思ってたよ。

レイラは目の前の怪奇現象に脳の処理が追い付いていない様子。仕方ない、初見はみんなそうなる。

「か、かわいい子が消えてかわいい子が現れた！　どど、どういうことシール君⁉」

オレはレイラに説明する。シュラが陽の光を30分浴びると妹のアシュに変わること、アシュが影に入り30分でシュラに変わること。そして、2人の目的がこの呪いを解くことにあること。

レイラは事情を聞くと、同情したのか瞳にうっすらと涙を溜めた。

「アシュちゃん……」

「む⁉」

ぎゅむ、とレイラがアシュを抱き寄せる。

アシュはレイラの胸に鼻と口を塞がれ、手をパタパタと動かしている。

「く、苦しい……！」

「わたしも呪い解くの手伝うよ！　姉妹が肩を並べられないなんてかわいそう……！」

アシュはレイラの束縛から身を屈めて脱出し、オレの背中にすたこらと隠れた。

「その辺にしとけレイラ。アシュが怖がってるじゃねぇか」

「ご、ごめんねアシュちゃん……わたしったらつい……」

アシュはプイッとそっぽ向く。

「あーあ、完全に嫌われたな」

「機嫌の悪いアシュちゃんもかわいい……」

「お前、その調子だと一生距離縮まらんぞ……」

歩くこと数十分。〝雲竜万塔《ヴォルケトウルム》〟のある渓谷が見えてきた。

整理された道から渓谷、山の谷間へと進むと、絶景がオレ達を迎えた。

そこら中からする滝の音。

左右の岩壁にずらりと滝のカーテンが並び、水の道を両脇に作っていた。

「自然様はオレを飽きさせないな」

「滝の音が凄いね……！」

「うー、この中だと私、眠れる気しない……」

絶景に見惚《みと》れる若者３人。

ソナタは1人冷静に状況を見ていた。

「会長、まだ早いけど寝床を探さない？　今日中に塔まで行くのは難しいよ」

ソナタの言う通り〝雲竜万塔《ヴォルケトウルム》〟はまだまだ先に見える。

「寝床を探すのは賛成だが、もう少し歩いてみよう。さすがにこの辺りはうるさいからな」

竜の城と呼ばれるこの渓谷は大きく三つのエリアに分けられる。

一番外側、渓谷を囲うように山が乱立する山岳エリア。

そこから一つ内側に入った、滝がそこら中にある滝エリア。現在地はここだ。

一番内側、雲を突き抜ける塔〝雲竜万塔〟を中心に広がる森林エリア。

オレ達4人は滝エリアを越え、森林エリアに突入したところでキャンプ地を決めることにした。

既に森は闇を帯び、月明かりのみが頼りになっていた。

「ここにするか」

森の中の木々が剝がれている場所で立ち止まる。

ここを今日の寝床にしよう。滝の音が少しだけ耳に響く場所、水の在処が常に把握できるギリギリの距離だ。

「さてと、クッションになりそうな草を探して来るかな……」

「その必要はないよシール君。わたしに任せて！」

得意げな顔をしてレイラは胸を張る。

レイラは空に指で魔法陣を描く。転移の魔法陣だ。

オレと戦った時は拳サイズだったが、今回は人の頭ぐらいなら入れそうな大きさだな。

「それが限度のサイズか？」

「うん。これ以上広げると転移位置が安定しなくなっちゃうからね」

へぇー、とソナタが転移の魔法陣を興味深そうに眺める。

「転移の魔術か。古代に使い手が1人居たって聞いたことあるけど、本当に珍しいね」

アシュと交代したばっかりのシュラは「ふん」と唇を尖らせた。

「それを使ってなにをするつもりよ」

「この転移門はわたしのマザーパンクの家の物置に繋がってるの。そして、物置にはある物が置いてある」

レイラは転移門に腕を突っ込み、何本かの棒を取り出した。

続いてレイラは緑色の布を引っ張り出す。オレは布を見て、レイラがなにをしようとしているのかを察する。

「テントか！」

「そうだよ。二つ分のテントの部品があるから、ここから取り出して、組み立てようって話」

「いやー！　便利な魔術だねぇ。旅で手荷物から溢れそうになったアイテムとかも、転移門を通して物置に入れることができるわけだ」

「重い荷物はこれから物置に置けるのね……ふん！　中々やるじゃない、白髪女」

いや、しかしマジで便利だな、これは。

「ずっと物置に転移の魔法陣を維持して魔力は大丈夫なのか？」

「うん！　転移門を置きっぱなしにする消費魔力より、自然回復する魔力の方が多いからね。一つぐらいなら余裕だよ」

転移はあんまり魔力を消費しないようだ。

テントか。虫や風に睡眠を妨害されることが無くなるってのはいいな。

ん？　ちょっと待て。

「テントが二つってことは、もちろん男女別なわけで……」

「僕と会長は同じ屋根の下で眠るわけだね！　眠れない夜には子守唄を歌ってあげよう！」

「オレ、やっぱ外で寝ようかな……」

「馬鹿なこと言ってないで、テント組み立てるの手伝ってよ！」

レイラの指示に従いテントを組み立てた後、火を起こして夕食作りだ。

夕食は焼き魚だ。森を通る川でレイラが投げナイフで川魚を仕留め、串を刺して焼いて食う。

夕食を食べつつ、夜の見張りの話を始めたらソナタが魔物避けの緑色の線香を出した。線香を焚いていれば魔物に夜中襲われる心配は無いらしい。

夕食を食べ終え、夜中の休憩時間に入る。オレは本を片手にワンポールテントの中に寝っ転がった。

「……快適だ」

うるさい虫も風の音も無い。

オレは本の表紙をめくり、一番読みやすい体勢を探す。

仰向けか、横向きか。もしくは両肘ついてうつ伏せ……日によって読みやすい体勢が変わるからな。悩む。

「会長、起きてるかい？」

テントのドア部分の布を捲《めく》って、ソナタ＝キャンベルが顔を出す。

「寝てるってことにしとく」

「起きてるじゃないか。どーだい、外で話さないかい？」

「面倒だ」

ソナタは一度その場を離れ、両手にカップを持って現れた。

カップからは香ばしい匂いが漂ってくる。

「コーヒーあるんだけど」

「……それを早く言え」

オレは本を閉じ、テントから外に出た。

空は薄い青色。月の光がよく通る夜だ。

草に尻もちついて座るソナタ。オレは距離をあけてソナタの横に座り、カップを受け取る。とりあえず、なにかを話す前に一口。

「――ん」

多分オレが子供だからか、コーヒーはほんの少し甘くしてあった。

「嫌いな甘さだな」

「甘いの苦手かい？」

「いいや、そういうわけじゃない。ただ中途半端な甘さは好きじゃない。コーヒーは完全にブラックか、もしくはミルクと砂糖をふんだんに入れた甘々が良い」

「なるほどなるほど」

ソナタはコートのポケットから二つの小瓶を取り出した。

片方には白い豆粒が大量に入っており、もう片方には黒っぽい豆粒が入っていた。

「なんだそりゃ？」

「〝コーヒーシード〟と〝ミルクシード〟。知らない？　最近帝都ではね、旅人向けにこのシードシリーズが開発されているんだよ。この種をお湯や水に溶かすと、種が溶けてお湯や水がコーヒーやミルクになったりする」

ソナタは「はい」と小瓶から白の豆粒を取り出し、オレに渡す。

オレは種をコーヒーに投入する。するとコーヒーは白い染みを作り、融け合い、明るい茶色に変化した。

「へぇー、すげぇな」

「コーヒーも濃厚なのが好きなら種をもっと入れると良いよ。はい、角砂糖もあるよ」

「四個くれ」

砂糖ドロドロのコーヒーミルクに口を付ける。

うん、これならいけるな。普通に美味い。ミルクの味もしっかり付いている。

「静かな家の中で、ロッキングチェアを揺らしながら飲むコーヒーも乙だけど、こういう大自然の中で飲むコーヒーも……」

「格別だな。オレのは半分コーヒーじゃないけど」

組んだ膝の上にカップを置き、「それで？」とオレはソナタに話を振る。

「話ってなんだよ」

「信じてくれないだろうけど、一応言っておきたいことがあってね」

ソナタはカップの底を見つめながら、

「会長、僕は何があろうとも君を裏切らないよ」

ソナタの発言にしては珍しく、その言葉には熱があった。

「君は僕のヒーローだからね」

「……またお前は無駄にオレを持ち上げやがる。ヒーローなんて、そんな大層な人間じゃないよ。

オレは」

　カップに口を付け、コーヒーミルクを口に含む。すると舌の先に溶け切っていない砂糖のザラザラが付いいた。喉を鳴らし、空のカップを地面に置いて今度はオレから話を切り出す。

「一つ聞いていいか」

「どうぞ」

「お前はなぜ再生者を追う？」

　人類の敵だからか、騎士団の仕事だからか。それとも――私怨か。

　目的に結び付く感情の流れを把握するのは大切だ。ソナタ＝キャンベルを知るためにも、これは聞いておきたかった。

「大した理由はないさ」

「へぇ、じゃあ仕事だから仕方なくって感じか」

「そうだね～。あと理由を挙げるとするなら、再生者に故郷を滅ぼされたり、想い人を殺されたりもしたけど。それぐらいかなぁ」

「……百点満点の動機が二つもあるじゃねぇか」

　さらっとエグい過去を出してきやがる。

　そりゃそうだよな。あんな化物、それなりの動機が無きゃ戦おうとは思わない。

　再生者……。

「再生者を全員封じるってのは、誰にもできなかったことなんだよな？」

「うん。君の師匠ですら成しえなかったことだ」

なら、もしオレが再生者を全部封じれば……その時は、オレは文句なしに一人前だよな。

ふと、左隣に視線を移すと、オレの心の内を読んだソナタが口元をニヤつかせていた。

「会長、僕の部隊に――」

「入らねぇよ！」

危ない危ない。

やっぱコイツ、隙あらばオレを部隊に入れるつもりだな。気を付けよう。

「――表に出なさい！　白髪女ッ！」

夜の静寂を突き破る怒声。シュラの声だ。

「なんだなんだ……」

「トラブルみたいだね」

女子テントからシュラが現れ、続いてレイラが現れた。シュラは怒った様子でレイラを指さし、宣言する。

「もう頭きた！　決闘よ！　私と一騎討ちの決闘をしなさいっ！　レイラ＝フライハイト!!」

第六十四話　ヒロイン対決

いいぞー、やれやれ。

事情を知らないオレの心境はこうだった。

シュラとレイラの決闘、普通に興味深い。近・中・遠距離全てにおいて戦えるレイラ、対して接近戦オンリーのシュラ。はたしてどちらが強いのだろうか。

いや待て待てシール＝ゼッタ。好奇心は結構だが、新造パーティでいきなりもめ事はまずい。とりあえずオレが間に入らないと。

「どうした？　好きな男でも被ったか？」

「大したことじゃないよシール君」

「コイツが私の毛布に勝手に入って来たのよ！　一度断ったのにっ！」

「えーっと？」

聞くと、レイラは一度シュラに添い寝を申し出て断られたらしい。

なのに、シュラが眠っている隙にレイラは無断でシュラの毛布に侵入。シュラが暑苦しさから目を覚ますと目の前にレイラが居て、怒ったシュラがレイラに決闘を申し込んだ――

オレがレイラの方へ視線を動かすと、レイラは「つい……」と人差し指を合わせた。

「レイラ、お前が悪い」

「ごめんなさい……でも言い訳させて？　シュラちゃんが寝ぼけながらわたしの服の裾を摑んで、『お母さん……』って呟いたんだよ？　添い寝するなって方が無理じゃない？」

「……情状酌量の余地はあるな」

「ないわよ！」

オレもレイラと同じ状況で『お父さん』と呟かれたら……内に秘めた父性を抑えられるかわからん。

「いいんじゃないの？　決闘すればさ！　今宵は明るいしねー」

お気楽者《ツナタ》はお気楽に発言する。

「そうだな。互いの力を知るいい機会かもしれない」

などと、もっともらしいことを言ってオレは決闘に話を誘導する。

4人の内、決闘に乗り気じゃないのは1人だ。

「んー……これ、仮にわたしが勝ったところで、良い事無い気がするんだけど……」

レイラは小声でオレにだけ聞こえるようにそう言った。

「……確かに、お前が勝ってもシュラの機嫌が悪くなるだけだな」

おとうさん…

オレも小さな声で返す。

「私が負けたら添い寝でも何でもしてあげるわ！」

さすがシュラ、耳が良い。コソコソ話は筒抜けだったようだ。

素晴らしい報酬を約束されたレイラの瞳は、誰よりも乗り気になっていた。

「ルールは？　場所はどこでやろうか」

なんて、ウキウキしながら聞いてくる。

「場所は滝面がいいんじゃないか。月明かりが水面に反射して視界が良い」

「ルールは『副源四色無し。刃物および殺傷力の高い技の禁止』でどうかな？」

ソナタの提案するルールは少しシュラ有利か。

レイラから投げナイフと転移を奪ったら後は流纏ぐらいしか勝ち筋がないぞ。まぁそれでも、レイラのセンスならやり合えるか。

「いいですね。それで行きましょう」

「私も文句ないわ！」

2人の同意でルールは決まった。

「シュラ、お前が勝ったらレイラになにを要求するんだ？」

「え？　えーっとね、勝ってから考えるわよ！」

コイツ、もしかして……。

数ある滝の中でも一番勢いの弱い場所、滝の水が落ちる滝面でシュラとレイラは距離を空けて対面する。

◆

水深はちょうど2人のくるぶしが沈むほどの深さだ。滝から距離を取っているため浅い。

オレとソナタは滝を正面に捉えた木影に身を置いた。

「会長はどっちが勝つと思う？」

「そうだな、６：４でレイラが勝つと踏んだ」

「その心は？」

「投げナイフも転移も使えないが、レイラには流纏がある。流纏は近づかなきゃリスクは無いけどシュラは接近戦を仕掛けるしか勝ち目がない。カウンターで一発でも流纏を貰えばシュラは立ち上がれないだろう」

シュラが体を鍛えていることは知っている。だがシュラは女性で、しかも身長は小さく体重も軽い。オレがレイラ戦で貰ったカス当たりの流纏掌でもシュラの体じゃ耐えられない。

「僕はシュラちゃん《副会長》に一票かな」

「その心は？」

「詩人の勘！」

「なんだそりゃ……」

気の抜けたオレ達とは違い、女子2人は真剣な態度で正面の相手を見ていた。

「アンタとシールがやり合ってるのを見てから、私はずっとアンタと戦いたいと思ってた……ガッカリさせるんじゃないわよ」

アイツ、やっぱりレイラと戦いたかっただけだな。

「ごめんねシュラちゃん。わたし、手加減とか苦手だから……ちょっとやりすぎちゃうかも」

「アンタは自分の身だけ心配してなさい……！」

ソナタが木影から出て、手をパチンと合わせた。

「勝敗は僕の独断で決めるね。もう一度手を叩いたらスタートだ。よーい……」

パチンと、ソナタが手を叩くと同時にシュラは水面を右足で蹴り上げた。

——目潰しだ。

蹴り上げられた水はレイラとシュラの間に壁を作った。

レイラは水を躱《かわ》そうと滝の方に向かって走る。そんなレイラの動きを恐らくは嗅覚で読み切って、シュラはレイラが避けた方へ走り出した。

鉢合わせする2人。シュラの左拳が唸る。

シュラは左拳を引いて、前に出——

「──流纏ッ!!」

一瞬でレイラの全身に渦巻く青い魔力。

完璧なタイミングのカウンターだ。左拳が流纏に当たればシュラの拳の魔力は解かれ、打ち込んだ方であるシュラの拳がいかれる。

「そう来ると思った……!」

シュラの左拳は空を切った。

そもそもレイラに当てる気はなかったようだ。つまりはフェイント、レイラの流纏は空ぶった。

流纏が消え、青魔の防御が消えたレイラに向かってシュラは飛び蹴りを繰り出す。

しかしその蹴りもレイラにはヒットしなかった。レイラは身を屈め、シュラの蹴りを躱した。

そう、レイラは肉弾戦ができないわけじゃない。

レイラはオールレンジで戦える万能手だ。接近戦も無論やれる。

だが躱せて一度、続くシュラの本気の追撃を躱せるとは思えない。オレの予想通りなら次のレイラの一手は間違いなく、

「──ッ!」

レイラの掌に青魔が渦巻く。

そうだ。この一撃はシュラが最も恐れるモノ。シュラは大げさでも大きく退く。そしてシュラのその行動はレイラとシュラ、共に利害が一致する。

レイラの魔力を削れるシュラ。

一度距離を取って、立て直せるレイラ。

ここの行動は決まっている。

シュラは案の定、水に足を沈めると共に、バックステップを踏もうとするが――

「はっ!?」

シュラの足元が暴れた。

なんだ？　ここからじゃよく見えない。

シュラが何かに躓《つまず》いたかのようにバランスを崩した。

転ぶほどじゃないが、シュラの膝は大きく沈んだ。

「こ、のお!!」

シュラは右拳を振り上げた。

だが大振りだ。レイラは首を捻って簡単に躱す。――だが、

「――ッ！！？」

レイラの表情が曇った。

空振りしたシュラの拳は大きく大気を揺らした。遠目で見ているオレでも背筋がひやっとした。

あれ、当たったら一発ノックアウトだったろうな。

苦し紛れの攻撃を外したシュラ、その動きは完全に止まってしまった。

――勝者は決まった。

レイラの右手の掌底がシュラの胸元を捉えた。

「――流纏掌ッ!!」

螺旋の衝撃が炸裂音を飛ばす。

シュラの小さな体は吹っ飛び、水たまりの外、大木に背中を打ち付けた。

シュラは「かはっ!」と胃液を口から吐いた後、その場に体を丸めた。

「はい、そこまで! レイラちゃんの勝ち!」

滝面に入り、レイラとシュラが格闘戦を繰り広げた位置で両ひざに手をつく。

水中を覗き見ると、仄《ほの》かに月光を反射させる丸い物体があった。水に手を突っ込み、その謎の物体を拾い上げる。

鉄球だ。

両手で包めるぐらいの大きさの鉄球が大量に転がっている。

掬い上げた鉄球は時間が経つと緑色の霧となって散った。

「……緑魔、形成の魔力で鉄球を作ったのか」

ナイフを形成していたことから察するに、レイラは鉄の形成が得意なのだろう。

シュラと接近戦を繰り広げながら緑魔で水中に鉄球を設置。

シュラに鉄球を踏ませてバランスを崩させた――

あの高速戦闘の中でよくもそんなことができるもんだな。

「お、恐ろしい女だ……」

レイラの勝ちだが、条件が違えばまた別の結果になっていたかもしれない。

例えば勝負が日中に行われた場合、シュラがアシュとの入れ替えをできる条件だったならば結果は全然違っていただろう。アシュラ姉妹が力を合わせればレイラに勝てる可能性は高い。……ま、決闘でシュラがアシュの力を借りることはないだろうけどな。

オレは水から上がり、地面にうずくまるシュラの方に足を向け歩み寄る。

大丈夫か？　と聞くとシュラはスッと顔を上げた。

「～～～～!!」

「いっ!?」

下唇を噛みしめ、シュラはジッとオレの目を見る。

目尻に溜められた涙。必死に涙を堪《こら》える姿から絶対に泣いてたまるかという意志を感じる。

屈辱的だったのだろう。自分の得意な接近戦で完敗したのが。

いつもは強気なシュラが見せる弱い表情はギャップも相まって強力で、庇護欲をそそられる。

『よしよし』と抱き寄せ頭を撫でたくなる衝動に駆られるが、そんなことをすれば事態が悪化するのは目に見えているのでグッと堪えた。

「……走ってくる」

「はい？」

「ちょっと走ってくる！」

「い……行ってらっしゃい」

シュラは森の闇に向かって走り去っていった。

大丈夫だろうか。もしも魔物に襲われたら――いや、アイツなら大丈夫だな。

背後で水たまりからポシャンと足を上げる音が鳴る。

「凄い赤魔の量だったよ。一発でもまともに貰ってたらノックアウトされてた。特に最後の一撃、当たってたら顔の形変わってたよ……」

レイラの顔は青ざめている。

水しぶきで濡れた服を絞りながらレイラはオレの横へ歩いて来た。

白い服が透け、肌色がうっすらと浮かび上がっている。体に付いた水滴をハンカチで拭う様は色っぽくて、自然とオレの目線はレイラの体にいっていた。

水に濡れた前髪を右手で掻きあげた所で、レイラはオレの視線に気づく。

「まったく、男の子なんだから……」

呆れたように、見下したようにレイラは言い放つ。

オレは瞼で無理やり視線を遮断し、頬を掻いて仕切り直す。

「シュラのこと、頼むぞ」

「うん、わかってる。シュラちゃんに謝って来るね」

レイラはシュラの足跡を追って森へ入っていった。

草を踏みつける音が後方で響く。

振り向くとソナタが腰に手をついて立っていた。

「いいねぇ、若者は。決闘かぁ……暫《しばら》くやってないなぁ。昔は同じ流派の仲間とよくやったなぁ」

「なんだ、武術でも習ってたのか？」

「武術じゃない、魔術の流派。魔術にも流派が存在するんだよ～、僕は《遊縛流《ゆうばくりゅう》》っていう魔術流派に所属してたんだ。シンファっていう騎士団親衛隊の1人も同じ流派だ」

魔術流派か。

封印術も見ようによっては魔術の流派の一つになんのかな。

「いや……駄目だね。昔を思い出したせいで、闘志に火が点いたみたいだ」

ソナタの眼光が鋭くなる。

オレは仲間であるはずのソナタに気圧され、一歩引いてしまった。

「会長。まだ夜は長い。彼女達の戦いを見て、目も覚めたはずだ。今日は戦闘もほとんど無かったから体力も有り余ってるんじゃないかな？」

ソナタは滝面に向かって歩いて行く。

「なにが言いたい？」

オレの問いに、ソナタ＝キャンベルは薄ら笑いで答える。

「僕と一戦、交《まじ》える気はないかい？　封印術師シール＝ゼッタ君」

第六十五話　封印術師vs吟遊詩人

ソナタの体から緑魔が立ち上る。

青色の水面が緑色に染まる程の魔力……恐怖心が『退け』と訴えかけて来やがる。

しかし、シール＝ゼッタの好奇心は『前に進め』と言っている。

「決闘か……」

余裕の表情で、ソナタはオレを見る。

ムカつくな……絶対負けないって顔だ。『君の実力を見てあげよう』……そんな上から目線の声が聞こえる。

そりゃ大隊長殿に勝てるとは思わない。

だけど、一泡吹かせるぐらいはやってやる。

なにより、コイツとの戦いはきっと楽しい。だって大隊長だろ？　凄腕魔術師だろ？　面白い技を持っているに違いない。

「――良い暇つぶしになりそうだな」

オレは〝祓〟と書き込まれた札をポケットから出し、右手に握り、滝へ足を進める。

「それはYESってことでいいんだよね？」

オレとソナタはレイラとシュラと同じように水面に足を沈め、滝を背景に向かい合う。

「ルールはどうする？　副源四色は？」

「有り」

「刃物は？」

「有りで行こうか！」

「……殺傷力の高い魔術は？」

「うーん、そうだね、有りで行こう！」

「OK、上等だ」オレは右手人差し指と中指に挟んだ札に声を掛ける。

「ルッタ、解封《オープン》……！」

「よーい、スタート！」


短剣を札から解封、右手に握って加速する。

「〝囚人の名はアレイスト。彼《か》を縛りしは夢幻《むげん》の氷剣《ひようけん》〟――」

詠唱術か。

出されたらそこで勝負が決まる可能性もある。

ソナタは見るからに接近戦向きじゃない。詠唱をさせないように張り付いてすりつぶす！

「させねぇよ……！」

水しぶきを上げ、ソナタに駆け寄り短剣を薙ぐ。

「よっと」

ソナタは帽子を押さえながら上半身を前に倒し躱す。右足を上げ、顔面を狙うがソナタは跳躍して空へ逃げた。

空を渡りながらソナタは詠唱の続きを唱える。

「〝自由の象徴、翼を象り顕現《けんげん》せよ〟――《氷錠剣羽《ひょうじょうけんう》》」

ソナタの真上に、翼を象った氷が現れる。

よく見ると氷は小さな剣の集合体で出来ている。翼は小粒な剣に分離し、オレに向かってあらゆる方向から迫ってくる。

「ちっ、面倒な……！」

オレは滝面を走り、剣を避けていく。小さな氷の剣は水に触れると辺りの水面を凍らせていった。

剣が触れた側から凍結、一発当たっただけでも全身が凍らされる可能性がある。

――喰らったら終わりか……！

「出し惜しみはできねぇな。――オシリスッ！」

死神の指輪を出し、右手人差し指に嵌める。痣が右手から鼻まで広がる。

オレは指輪の力で身体能力をブーストし、滝に向かって飛び込んだ。滝の後ろの空間には岩の足場があり、オレは岩場に着地する。滝は氷剣に凍らされるが上からさらに降りかかる水が氷剣を次々とシャットアウトしてくれた。

岩の足場に〝月〟の札を置いてオレは滝の側面から飛び出す。氷剣を掻い潜《くぐ》ってソナタに接近する。

「〝炎仙《えんせん》の鎖、千の頭《こうべ》を絞めたまえ〟――《炎鎖千縛《えんさせんばく》》」

ソナタの足元から水を蒸発させ、展開される炎の鎖。

鎖の数は次第に増えていき、ソナタの姿が見えなくなる程に拡大していく。

鎖は伸びて、オレの首を締め上げようと飛んでくる。

オレは退くことはせず、前に進む。氷剣が氷の足場を作ってくれたおかげで速く動ける。滑らないよう氷を蹴り砕きながら迫る炎鎖と氷剣をステップで躱し、ソナタに近づいていく。

「〝遊楽の風よ〟――」

「いい加減、やかましいいんだよ！」

オレは獅鉄槍を左手に展開、槍を伸ばして鎖の合間を縫いソナタに向けてぶち込む。

ソナタは鎖の束の中から後ろに飛んで回避する。

「やるねぇ！　七つある《遊縛流》魔術の内、二つを掻い潜るなんて！」

「いつまで余裕ぶってやがる！　テメェにはもう魔術を使わせねぇぞ！」

　オレは槍を手から離し、短剣一本を左手に握って距離を詰める。

　もう一言たりとも喋らせない。ずっと張り付いてやる――――！

「詠唱している間はまともに他の魔力を使えないんだろ？　さっきから詠唱中、アンタから赤魔の気配が薄れてたからな」

「うん！　その通りさ！　詠唱中は赤魔はちょびっとしか使えない」

　短剣を逆手に、突き刺すように繰り出す。ソナタは横に逸れながら剣を避け、左手の掌底をオレの右頬に向ける。オレは短剣を右手に持ち替え、空いた左手でソナタの掌底を掴む。右手の短剣で密着した状態からソナタの腹部を狙うが、モーションに入る前にソナタの右足の蹴りがオレの腹を突き刺した。

「野郎……！」

　オシリスオーブのブーストを受けたオレの動きについて来られるのか！

　だが接近戦に限ればパールほどの圧力・実力の差は感じない。

　水面を滑り、二歩分後退するがすぐさま加速。一瞬の暇も与えず再び接近戦を仕掛ける。

「熱烈なアプローチだねぇ……！」

　ソナタは嫌がり、距離を取ろうと滝に向かって走り出した。

　オレはソナタの背中を追い、背広を掴んで水面に叩きつける。

「――ッ!?」

ソナタのコートのみが手に残っていた。

ソナタはオレに掴まれた瞬間にコートを捨てたのだ。ソナタは肘まで袖のある黒いシャツを着て、オレから離れた所で両手を広げていた。

「チェックメイトだね、会長。この距離なら君が近づくより先に詠唱が終わる」

「そりゃどうかな。――〝偃月《えんげつ》〟」

ソナタの遥か後方、滝の後ろの岩場でブーメラン偃月が解封される。

滝に突っ込んだ時に置いておいたものだ。

ソナタは頭にハテナを浮かべている。気づいていないな……うまくこの位置関係に誘導できてよかった。

「〝遊楽の風よ〟――」

オレは足元から水面の下を通るように黄魔で出来た鎖を伸ばす。鎖が滝の後ろの偃月にくっついたところで、オレは右足を後ろに引っ張った。足の動きに呼応して、偃月は滝から飛び出てソナタの背中に迫る。

「〝雷楔《らいてい》運び〟――てっ!?」

ソナタの背中に激突する偃月。溜め無しだから威力はない、仰《の》け反《ぞ》らせるのがやっとだ。

――十分《じゅうぶん》。

ソナタが怯んでいる内に距離を詰めていく――

「例の新武器か……！　油断したよ！　やるね会長」

態勢を崩しながら、ソナタは笑う。

今、ソナタは赤魔を纏っている。詠唱術は使っていない……！

ここで決める。

「忘れたのかい？」

オレの縦斬りを鮮やかに避け、ソナタは話を続ける。

「シーダスト島で、僕が詠唱なしに雷竜を出したことを――」

ふと、頭にいつかの日の記憶が過《よぎ》る。

そうだ、コイツはシーダスト島で銃帝が乗るドラゴン目掛けてバカでかい雷の塊を飛ばしていた。

あの時、詠唱はしていなかった。

「僕はね、ノータイムで雷竜を生み出せるんだよ」

嘘じゃない、出せるのは知っている。

オレがそう思うと同時に、ソナタの舌が光った。

眩しい光が水面に落ちた。

空を見上げると、巨大な雷竜が口を開けてオレを睨んでいた。

オレは短剣を捨て、両手を挙げる。

「こ、降参だ……」

そりゃ反則だろう……。

◆　◆　◆

ソナタ＝キャンベルの副源四色は虹色。名を〝真実の魔力《うそつき》〟という。

〝真実の魔力〟は舌に虹魔《こうま》を込めた状態で自分が言った嘘を誰かが信じると、その嘘を真実に変えるのに必要な魔術構築式を一瞬だけ使用者に与えるという魔力（あくまで一瞬0・36秒であり、時間が過ぎると忘れる）。〝真実の魔力〟が与えるのは魔術構築式、簡単に言うと魔術発動に必要な知識のみで、魔術の発動に必要な赤魔・緑魔・青魔は別で消費される。太古の時代、この魔力を持つ人間は〝英知の魔力〟とも呼んでいた。

〝真実の魔力〟によって与えられる魔術構築式は現代存在する魔術構築式より遥かに優れており、魔術を実行する際の消費魔力量の少なさ・魔術形成速度共に常軌を逸している。

ただ万能ではなく、自分の内にある魔力で実現不可能な嘘は真実にはならない。例えば封印術や転移術は不可能。黒魔や白魔、黄魔や他の虹色の魔力を使った術などは再現不可能。実現可能なのはあくまで、ソナタ＝キャンベルの内にある魔力――主源三色で成せる現象に限る。

ソナタは自分のこの特別な魔力を『使い勝手が悪いよ』と評している。言葉《うそ》が通じない魔物が相手だったり、この魔力の性質を知っている者が相手だと使うことが不可能に等しいからだ。

利点として、成立すれば詠唱術を超える威力の魔術をノータイムで出すことが可能。その際に消費する魔力量も少量であり、ソナタがシールに見せた雷竜の魔力消費量は正規の手段で出す初級魔術の魔力消費量と大差ないほどである。

なんでも嘘を信じてくれる人間が側に居れば大規模魔術を間を置かず連発し、格上を圧倒することも可能である。ソナタ＝キャンベルの四つ目の魔力がハマった際の制圧力は計り知れない。

『なぜ嘘を言う必要があるのか』、『どうして誰かに信じてもらわなければいけないのか』。その詳細は不明である。まだ研究が進められておらず、ソナタ自身も自分の魔力を詳しく把握しているわけではない。一部で虹魔がハズレ魔力扱いされているのはこういった面のせいである。虹魔は総じて性質解析の歴史が浅いため、応用が難しい。特に副源四色を肉体・道具・魔術に纏わせる〝色装〟の難易度は他の色の魔力に比べて段違いに高い（先駆者・前例が存在しない or 少ないため）。

ソナタはこの魔力をシール達に伝える気はない。伝えればいざという時、彼らを利用できないからだ。

相手を拘束する《遊縛流》魔術と〝真実《うそつき》の魔力〟。この二つがソナタのメインウェポンである。

◆　◆　◆

負けた。

さすがは大隊長。本気を出されたらなんもできない。

「奥の手を出させただけ、君は凄いよ」

「最後の雷竜も《遊縛流》魔術なのか？」

「アレは別さ」

ソナタは水浸しになったコートを炎で乾かしながら水面から地上へ上がった。

オレも滝面から上がり、使い捨ててあった武器達を地上から回収《ふういん》する。

「ちなみにね、《遊縛流》魔術は君の師匠、バルハ＝ゼッタさんも使っていたんだよ」

「ホントか？」

「うん。僕の師匠からそう聞いた。《遊縛流》魔術は束縛に特化した魔術だから、色々と都合が良かったんだろうねぇ」

なるほどな。ソナタの使ったあれらの魔術で相手を束縛し、封印術をぶち当てていたのか。

「暇な時オレに教えてくれ。《遊縛流》魔術ってやつ」

「全然構わないよ。君には強くなってもらわないといけないからね。でも君の場合、もっと基礎的な魔術からじゃないかな？」

そういや、アシュに緑魔の使い方を教わるって言って、結局一度も教えてもらってない。

赤魔と青魔と黄魔、それぞれそれなりに使えるようになってきたし、そろそろ緑魔に手を出してもいい頃合いかな。

テント地に戻ると、オレ達よりも先に女性陣が戻っていたようで、女子テントからは笑い声が聞こえていた。レイラは上手くやってくれたようだ。

「どうやら、もう大丈夫みたいだな」

「みたいだね。僕らも何か語り合うかい？　恋バナでもする？」

「やめとく。もうヘトヘトだ」

「オシリスオーブの反動だね」

「アレは使った後、魔力も体力も底を尽きるからなー。つーかお前、オシリスオーブのこと知ってるのか？」

「〈アルカナ22工〉の一つだからね。けっこう有名だよ」

ソナタ曰く、〈アルカナ22工〉に数えられる錬色器は一流の魔術師なら知っていて当然らしい。ってことは、オシリスオーブの弱点も知れ渡っているってことだ。もっと気をつけて使っていかないとな。

テントに戻った後は特に何もすることなく眠りについた。

第六十六話　雲竜万塔

「ふーっ、寝起きのコーヒーは最高だね」

「そうだな」

テントを畳み、女性陣の起動を待ちながらオレとソナタはコーヒーを口に運ぶ。なんとなくだが、これから先、この朝のコーヒータイムはルーティーンになっていくんだろうなと思った。

「会長、魔力はどれくらい回復した？」

「どれくらいって、一晩寝たから全快だよ」

「またまたぁ、昨日赤魔をゼロまで減らしたじゃないか。一度ゼロまで減った魔力はそうそう回復しないよ」

全身から赤魔を湧き上がらせ、ソナタに全快アピールをする。

「ほら、もう赤魔は満タンだ。どれだけ魔力使っても一晩寝れば全部回復するだろ。今まで寝て起きて、魔力が回復しなかったことはないぞ」

ソナタは「やれやれ」と帽子を直した。

「君って本当、何者なんだい？」

「……？」

「——目が離せないね、まったく……」

コーヒーカップが空になっても、未だ現れない女子２人。

苛々が人差し指を動かす。

「女は準備がなげぇな……」

「女性の準備が長いのは僕らに魅力がある証拠だよ」

オレ達がテントを畳んでもう30分経つぞ……。

「ふぁーあ」

退屈過ぎて欠伸《あくび》がこぼれた。

「会長、眠そうだねー」

「快適ではあるんだが……あんまテントに慣れなくてな。あとソナタ《隣人》のいびきがうるさくて」

「あっはっは！　大丈夫大丈夫。テントもいびきもすぐ慣れるよ！」

「いびきは慣れねぇよ」

「眠そうな君にはこれをあげよう」

ソナタは青色の果実をオレに渡してきた。

ひんやり冷たい。形はリンゴそのものだ。

「通称めざましアップル。食べてみて」

「……。」

オレは皮ごと果肉をかじり取る。

「んぐっ!?」

——酸っぱいっ！

ほのかに甘味はあるけど、頭の芯まで突き抜ける酸味だ……！

「あまりの酸っぱさに一気に目が覚める魔法のリンゴさ」

「確かにっ……！　これは効くな……！」

不味《まず》くはない。

一応食える範囲の物。全部食べれば頭は完全に覚醒しそうだ。酸味が脳を揺らすたび、頭からモヤが去っていくのがわかる。

「ん……ぐっ！　ぬおっ！」

一心不乱にめざましアップルにかじりつく。

オレがめざましアップルを芯までかじり終えると、ようやく女子テントの扉の布が揺れた。

「シール！　助けて！」

寝ぐせを後頭部で爆発させたシュラがテントから飛び出て、オレの背に隠れた。

続いてレイラが「もう！」と櫛《くし》を片手にテントから現れた。

「朝っぱらからなんだよ一体……」

「私は『いい』って言ってるのに、あの女が私の寝ぐせを直そうとするのよ！」

「シュラちゃん……昨日の夜、オシャレに興味あるって言ってたでしょ？　寝癖直しはオシャレの第一歩だよ！」

第一歩どころか、寝癖直してようやくスタートラインだろ……。

「櫛嫌い！　髪の毛引っ張られて痛い！」

シュラは助けを求めるようにオレの服をぎゅっと握る。

「……あのなシュラ、寝癖ぐらい男のオレでも直すぞ」

「――あと10秒」

「ん？」

ポン、とシュラの姿が消えた。

代わりに現れた金髪女子《アシュ》は「はよ～」と右手を挙げる。

「あ！　やられた！」

「逃げやがったな……」

ひと騒動を終え、腰を上げて支度をして出発する。

レイラの転移門収納術のおかげで鞄の中身がグッと軽くなった。昨日よりも速いペースで森を突っ切っていく。

「さて。このパーティで初めての戦闘だね」

森の中、立ちふさがるは全長10mはあるであろう樹魔族《トレント》。

大樹に目と口があり、枝を手のように、根を足のように動かすモンスターである。

「作戦は君に任せるよ、会長」

「レイラとオレが前衛、アシュとソナタは後衛だ。オレとレイラで時間を稼いで、ソナタとアシュの魔術で仕留める。全員で協力して叩くぞ」

「りょ」

「わかったよ！」

オレは「解封《オープン》！」と言い、獅鉄槍を出す。

「行くぞ！」

二手にわかれ、オレとレイラは前に突っ込む——

「〝炎仙《えんせん》の鎖、千の頭《こうべ》を絞めたまえ〟——《炎鎖千縛《えんさせんばく》》」

地面より湧き出た炎の鎖が樹魔族《トレント》を縛り付け、

「〝遊楽の風よ、雷・運びて檻を成せ〟——《雷柱折檻》」

空から降り注いだ雷の柱が樹魔族《トレント》を串刺しにし、樹魔族《トレント》は絶命した。

「ふぅ。お疲れ様！」

初めてソナタの魔術を見たアシュとレイラは開いた口が塞がらない。

「おいこら吟遊詩人！　協力して叩くって言っただろうが！　お前1人で片付けてるじゃねぇか！」

「あっはっは！　ごめんごめん。なにせずっと1人旅だったものでね。できるだけ魔力は温存したいし、次からはきちんと連係するよ」

「シール……あの人、あんなに強かったんだね……」

「見た目はおんぼろだが、強さは本物だよ。腹立つけどな」

その後も何度か魔物と会ったが、問題なく倒すことができた。

シュラが外に出ている時はオレとシュラが前衛、レイラとソナタが後衛。オレとシュラが魔物を攪乱《かくらん》している内に後衛2人が魔物を仕留める。シュラがアシュに替わったらレイラが前に、アシュが後衛に行く。

レイラの器用さは本当に助かる。どっちの陣形も安定して戦える。シュラシフトの方が長期戦向き、バランスが良い。逆にアシュシフトだと火力は高くなるが前衛の耐久は下がるので、短期決戦向き。アシュは杖の力で他人の魔術や武器に色装を使えるため、他メンバーの火力を上げてくれるのだ。

当然と言うか、ソナタの魔術は段違い。詠唱さえ済めば一気に敵を葬ってくれる。

いかに相手の動きを封じて時間を稼ぎ、ソナタの魔術を発動&命中させるかが作戦の肝になっていた。

「いやー、器用だねぇレイラちゃん。噂に違《たが》わぬ優秀さだ」

「ありがとうございます。ソナタさんこそ……噂に違わぬ強さですね。あんな短い詠唱であれだけの威力の魔術を発動させるなんて……いえ、驚くべきは威力よりも魔術の発動時間。発動してから消えるまでが長い」

「元々拘束術だからね。魔力さえ放出し続ければいつまでも残り続けるよ」

シュラは腕を組みながら横目でソナタを睨む。

「とぼけた面《つら》してるけど、強いのは本当みたいね」

「副会長はピュアファイターに見えて実はサポート能力が高いね。基本的に回復役は守らないといけないんだけど、その必要がないのはありがたい。部隊を作るなら、必ず入れたくなる能力だよ」

「たしかに、言われてみりゃ機動型ヒーラーってのは便利だな」

「回復もできて強くて可愛いなんて無敵だねっ！」

「アンタらねぇ……！ 先に言っておくけど、私はヒーラーなんてごめんだから！」

オレ達は連係力を高めながら森を進んでいく。

「〝雲竜万塔〟まではもうちょっとかな」

オレが言うと、ソナタは右手を挙げて、

「そろそろ休まない？ 僕、もうクタクタで……」

「何言ってんのよ？ まだ全然歩いてないじゃない」

「そうだね……昼までには着きたいところだよ」

「ってことだ。わりぃなオッサン、頑張ってくれ」

「まったく……若者は元気だよね……って、僕もまだ二十代なんだけどさぁ……」


——二時間後。


ようやくオレ達は雲を突き抜ける塔、その前に辿り着いた。

塔の周辺は一切の草木が無く、更地だ。更地に立ち、オレは天を見上げる。

「うぉ～！　たけぇ！　でけぇ！　すげぇ～!!」

なんという圧力。

石造りで、所々苔が生えている。なんだろうな、こういう神秘的な建築物の苔って嫌な印象を持たない。むしろ塔を引き立てているアクセサリーにすら感じる。歴史の長さを、緑のネックレスで表現している。芸術だ。

外階段は見当たらない。塔の中から上る感じだな。

「近くで見ると結構太いね……！」

「こんなのでテンション上げるなんておこちゃまね！」

「副会長の顔もにやけてるよ？」

「いやぁ〜！　これこれ、こういうのだよ！　頭の中の常識を容易に突き破る、こういう物を冒険に求めてたんだオレは！　——よし！　早速上るぞ!!」

『お〜！』と返事をしたのはシュラだけだった。

「ごめん会長、僕もう限界……」

「わたしも……」

これまで旅をしてきたオレやアシュラ姉妹とは違い、レイラはついこの前まで〈マザーパンク〉に引きこもっていた。体力は落ちていて当然だ。

ソナタは単純に歳だな……。

「仕方ない。お前らは休んでいてくれ。オレは塔の様子を見てくる」

「私も行く」

「いや、お前も休んでていいぞ？」

「ジッとしてられないわ！」

シュラは呪解が絡むと積極性が増す。当然と言えば当然か。

「わかったよ」

レイラ、ソナタと別れ、シュラと2人で塔の周りを歩いて行く。

本当に、遠くで見た時と印象が変わる。こんな太いとはな……中はマザーパンクの闘技場ぐらい広いな、これだと。

反対側まで来ると、巨人でも通れるぐらいの巨大な門に行きついた。

門の前には机と椅子があり、椅子には二十代半ばぐらいのお姉さまが座っている。

「はいはい～！　試練に挑みたいなら私を通してね～！」

「試練？　なんのことだ？」

「もしかして、この塔のことなにも知らないんですか～？」

お姉さま、仮に受付嬢とでも呼ぼうか。

受付嬢はこの塔について説明を始めた。

「ここ〝雲竜万塔〟は全200層で構築される雲を突き抜ける塔。一層一層に召喚獣が用意されており、その召喚獣を倒して頂上を目指す。頂上に辿り着いた人には秘伝の錬色器をプレゼントいたします」

「錬色器なんでどうでもいい！　私達はアドルフォスに会いたいのよ！」

「あー、アドルフォスさんに用があるんですか。あの人は〝雲竜万塔〟の頂上で暮らしているので、会いたいなら試練を突破するしかないですね～」

オレとシュラは同時に溜息をつく。

「塔への挑戦料は1回1人500ouro、最大4人同時に試練に挑むことができます」

4人……ちょうどオレ達パーティの人数だ。

「ちなみに、試練の難易度はどんなもんなんだ？」

「多くの猛者達は錬色器を求めて試練に挑みました。――ですが、ここ数年で試練を突破できたのは僅か4名です。どうします？　挑戦しますか？」

「仲間と相談する」

オレは仲間達の下へ情報を持ち帰る。

「どうするのよシール！　ただ上るだけでも怠いのに、さらには層ごとにガーディアン付きよ！」

「さすがに面倒くさいな。試練に挑戦するのはやめとこう」

「え!?　じゃあアドルフォス君と会うのは諦めるのかい？」

「なに言ってんだ吟遊詩人。試練は受けないって言ったけど、この塔を上らないとは言ってないぞ」

空高く伸びた塔を見上げる。

2ｋｍちょっとって所かな。

「シュラの赤魔とソナタの緑魔がありゃいけるな……」

「アンタ……何する気よ」

シュラが『なんか変なこと考えてないでしょうね？』って顔で聞いてきた。

すまん、考えている。

「なにするかって？　決まってんだろ。――ショートカットだ」

第六十七話　ショートカット

「ソナタ。大隊長ってんだから、相当量の形成の魔力を持ってるんだろ？」

「うん。君がやろうとしていることを実現できるぐらいにはね」

コイツにはもうお見通しか。

「シュラ、さっき一度アシュと替わってたからまだ時間に余裕はあるよな」

「あるけど、アンタ……まさか」

「一度経験があるお前ならもうわかるだろ？」

「無茶苦茶ね……」

「え？　ちょっと、わたしだけ全然わからないんだけど！」

オレはポケットから〝獅〟と書き込まれた札を取り出す。

「──これが答えさ。獅鉄槍、解封《オープン》ッ！」

札から弾きだされる獅子の蒼槍。

オレは槍を摑み、矛先を地面に突き立てた。

「その槍、確か伸びる奴だよね？」

「そうだ。形成の魔力を込めると伸びて、強化の魔力を込めることで強度を保つことができる。この槍で、塔の頂上を目指すぞ！」

「ええ!?」

「アンタって、ほんっと無茶言うわ……」

「あっはは！　面白い、面白いよ会長！」

一度シーダスト島でやったことだ。

槍を伸ばした勢いで上に行く。掴んでいる位置より下の部分を伸ばせば押し上げられる形で天高く飛び上がれる。これで試練をスルーして塔の頂上へ行く。

「全員、槍を握ってくれ」

オレ、シュラ、レイラ、ソナタは４方向から槍を両手で握る。

「ソナタは緑魔をありったけ込めろ。シュラは赤魔を全力でな。他のことは考えなくていい」

「いいのかい？　シュラちゃんの赤魔より僕の緑魔の方が多いから、どっちも全力で込めたら緑魔が勝《まさ》ってしまう。緑魔が多すぎると槍が柔《やわ》くなっちゃうよ」

「そこはレイラにお任せだ」

「わたし？」

「レイラは二つの魔力のバランスを見てくれ。緑魔だけが多すぎると槍がへなる、赤魔が緑魔に負けている時はお前が赤魔を込めて調節するんだ。必要なら槍に込められた緑魔を青魔で抑制してくれ」

「難しいこと言うね……」

「お前ならできるだろ？　魔力の扱いに関してお前は間違いなく天才だ」

レイラはオレの誉め言葉に対し、照れた様子で「わ、わかったよ……」と前髪を人差し指で巻いた。

「オレは槍の伸びる先を状況に応じて調整する。――準備はいいか？」

「ええ」

「いいよ、シール君」

「僕はいつでも準備ＯＫさ」

失敗すれば遥か上空から地面に叩きつけられる。

息を合わせないと駄目な作戦だけど、急造のこのパーティで出来るかな……ええい、オレが不安がってどうする。

「いくぞ！　１、２の――おわあああああああああっ!?」

足元から地面が消え、腕に全体重が乗った。

槍がグングン上に伸びていく。

「あれ!?　１、２の３で行くんじゃないの!?」

「お、オレもそのつもりだったんだが……！」

「え!? アンタが『いくぞ！』って言ったからそれに合わせて――」

「僕も副会長と同じだ！　みんな集中して！　もう待ったなしだよ！」

体に降りかかる風の抵抗。

小さくなっていく景色。

絶対に槍は離すまいと必死にしがみつく。マザーパンクの桜が視界に入り、付近一帯が見渡せる所まで来た――と思ったら、白の景色が視界を塞いだ。

「雲か!?」

「下層雲だねぇ！」

「ウザったい！」

「真っ白でなにも見えない……！」

視界が白く染まり、風の音がうるさいせいで仲間の声以外なにも聞こえない。

動揺が脳髄に走る。

お、落ち着け。槍を真っすぐ伸ばすことだけ意識しろ……！

「会長、雲が晴れるよ！」

ぶわっ、と鼓膜の詰まりが取れると共に、太陽がオレ達に挨拶する。

太陽が――でかい。そして、

『寒いっ!?』

オレ達は口をそろえた。

「頂上が見えてきたぞ!!」

塔の頂上、そこを追い越した所で、オレは見た。


——レイラの頭上に落ちる鳥の影を。


可愛らしい、青い鳥だ。

「うっ——」

この勢いのまま行けば、レイラの頭に鳥が当たり、鳥は間違いなく死ぬだろう。

オレなら、鳥などお構いなしで行く。だけどレイラは、鳥に気づいた瞬間に——槍から手を放した。


「レイラ!!」「レイラ!?」「レイラちゃん!」

レイラは風に流され、塔の方へ流れていく。

「シュラ、なんとかバランスを取ってくれ!!」

「え?」

オレは槍の柄を蹴り、空を飛ぶ。

オレの蹴りを受けても槍は傾くことなく伸びている。シュラが赤魔を込めて蹴りの衝撃を軽減させてくれたのだろう。

「シール!?」

「会長ッ！」

「――先に行ってろ！」

空を走り、宙に舞うレイラを両腕で抱き寄せる。

「……!?」

「ぬおおおっ!!」

――この高度から頂上への着地は難しい。

――せめて最上階を狙う。

――塔に掴む場所はほとんどない。

――壁に飛び込むしかない！

「おらぁ!!」

赤魔で体を強化して塔の壁に体当たりをかます。

壁が壊れ、塔の中へオレとレイラは入った。

地面に転がりながらレイラと離れ、受け身を取る。

「ご、ごめんシール君！」

「ったく、可愛いモノ好きもほどほどにしてくれ……！」

恐らく、塔の最上層。

壁に沿って設置されたロウソクが部屋を照らす。マザーパンクの闘技場、そのステージぐらいは広い場所だ。天井も高い。

受付嬢の話通りならガーディアンが居る。それも200層目、ラスボスだ。

相当に強い奴が居るのだろうと、オレは恐る恐る顔を上げて前を見た。

六本腕、全ての手に剣を持った大きな人型の召喚獣。身に着けるのは腰布と兜。

一ツ目の巨大な怪人がオレ達を見下ろしていた。

——コイツ、勝てる相手じゃない!!

「壁の穴から逃げるぞ！」

振り向いた時には、オレらが飛び込み壊れた壁は直っていた。

「裏技を使った罰かな……」

「倒すしか、無さそうだね……！」

第六十八話　シール＆レイラvsロッピ

「【ガアアアアアアアアアアアアッッ！！！】」

怪人が雄たけびを上げる。

オレは札から短剣を弾き出し、逆手に持った。レイラは両手にナイフを形成する。

「螺旋階段の上に扉が見えるな。あそこから出られそうか？」

「どうだろうね……」

「よし、ひとまずオレが引き付ける。お前は扉が開くか確認してくれ！」

「了解！」

振り下ろされる己の体軀《たいく》より大きな剣。

オレは短剣で剣を受ける。

「おっっも!!」

隕石でも受け止めたのかと思った。

地面に亀裂が入る。しかし亀裂は瞬く間に修復する。この建物は壊れてもすぐに修復するようになっているみたいだ。

レイラが螺旋階段に足を掛けた。オレはそれを確認し、全ての集中力を目の前の怪人に向ける。

左から迫る剣を、跳びはね回避する。待ち受けていた剣も短剣で受け、体を回転させて流す。さて、あと四つの斬撃をどう躱そうか……。

「【グオオオオオオオオオオッッ！！！】」

「無茶・無茶・無茶だ!!」

斬撃の竜巻が宙に浮くオレに迫る。

オレは何も考えず迫る斬撃に短剣をひたすら合わせた。衝撃が蓄積され、弾けた時、オレは壁に背中から突っ込んでいた。

「シール君！」

スタ、と目の前で着地する音。

オレは額から垂れる血を袖で拭い、「どうだった？」とレイラに問う。

レイラは首を横に振った。

「何らかの魔術で施錠されてた」

「案の定だな。やっぱ倒すしかないか……」

体に刻まれた恐怖を振り払い、オレは怪人に向かって走り出す。

レイラのナイフが走るオレを抜いて怪人の右足に突き刺さる。怪人が足のダメージを気にしている間にオレは壁を駆け上がり、壁を蹴って怪人のたった一つの日を短剣で裂いた。

「……大体、バケモンの弱点は目って相場が決まっている」

——怪人は怯むことなく、空に居《ここ》るオレを見た。

あれ？　予定と違うぞ。

つーか目、気づいたら治ってやがる。目だけじゃない、レイラが傷つけた足も修復して——

「塔と同じでコイツも修復するのか……！」

「シール君ッ!!」

虫を叩き落とすかのように振るわれる六本の剣。無理、捌けない。

どうする——と考えていると、虹色の魔法陣がオレの前に現れ、中から白い肌の手が出て来た。

白く柔らかいその手はオレのシャツを摑み、投げる。

投げられた先には魔法陣に手を突っ込むレイラの姿があった。

空を切る怪人の刃。

オレは地面に着地し、隣に立つ麗人に礼を言う。

「ありがとうございますレイラ様。マジで死ぬかと思いました」

「元はと言えばわたしのせいだから、礼はいらないよ」

怪人は剣を振るい、怪人の目の前にあったレイラの転移門を斬り裂いた。

「ん？　お前の転移門壊せるのか？」

「転移門は魔力の塊だからね。流纏までいかなくても多少青魔をうまく使える人なら簡単に壊せるよ」

怪人はズシズシと足音を立て、こっちを向く。

『ざーんねんでした！　その子に与えられた傷はすぐさま治っちゃうよ！』

軽快な女性の声。

オレとレイラは声の先を見る。蝙蝠《こうもり》に似た生物が部屋の中心を飛んでいた。

「その声……受付嬢か？」

『そーですよぉ～受付嬢兼、この塔の召喚獣を操る召喚術師です！』

この塔は1層ごとに1体召喚獣が居るんだから、200層で200体もの召喚獣が居ることになる。

まさかとは思うが、あのお姉さん1人で生成してるわけじゃないよな……。

『それにしても駄目だよ君達！　ズルしたのバレバレだからね！』

「あ、やっぱり？」

心なしか、目の前のガーディアンも怒っている気がする。

『お姉さん怒ったから、最上階のガーディアンに自動修復機能付けちゃったもんね！』

「はぁ!?　卑怯だぞお前!!」

「横暴だよ！」

『いや、君達に言われたくは無いんだけど……ほらほら、私に構ってると〝ロッピ〟ちゃんに殺《や》られちゃうよ？』

地面から湧き上がる緑の光……緑の光は雷となり、侵入者を排除せんと放たれる。

「げ!?」

『はーい、頑張ってね～一瞬で致命傷与えないと何度も修復するから～』

プツッと、音が途切れ、蝙蝠は緑色の光となって消えた。

「分かれるよ！」

「わかってら！」

2方向に分かれてオレとレイラは走る。雷撃は止むことなく繰り出されて反撃の隙が無い。

最悪なのは怪人は魔術を放ちながら剣を振るえるということ。六本の剣は3・3に標的を分けて振るわれる。

1振り目、地面を蹴り、飛んで回避。

2振り目、壁を蹴って飛んで回避。

3振り目、短剣で受け流す。

続く四方を埋める雷撃。――無理。

「いっつ……!?」

雷撃に体を焼かれ、オレは地面に転がる。体を起こすと白い影が視界を埋めた。

ぼふ。となにかが体に激突する。鼻に感じる甘い香りで影の正体がレイラだと理解した。

オレとレイラは地面を削り、倒れこんだ。

怪人は顔を歪め、勝ち誇ったように雄たけびをあげる。

片膝をつき、オレは責めるような声を出す。

「……おい、どうした天才。暴れ足りてねぇんじゃねぇのか……？」

「わかる？　今からあの子しばくから、カバーしてねシール君……！」

レイラの瞳から光が消えた。

隣で殺気が高まるのを感じる。ようやくらしくなってきたな……。

オレは地面に置いておいた巾着バッグから1枚の札を出し、レイラに手渡す。

「札《これ》を使え。お前の名前が刻まれた札だ」

レイラはその言葉だけで全てを理解し、形成したナイフに札を結んだ。

ちなみにいざという時のためにアシュラ姉妹とソナタの名前が書きこまれた札もバッグに入っている。

「シール君、信じるよ」

「ああ、迷わず突っ込め！」

正面を向きながらオレは右拳を、レイラは左拳を出し、拳を合わせる。

レイラの左拳に字印が付いたところでレイラは走り出した。

白い影が怪人に急接近する姿を見て、オレはポケットから〝月〟と書き込まれた札を取り出した。

「――来ぃ！　偃月ッ!!」

巨大なブーメランを呼び出し、両手で握る。

オレに向け、伸びる雷撃。

走りながら偃月に赤の魔力を溜める。時間が無い、ここはチャージ1だ。白い蒸気が偃月から上がった瞬間に、オレは体ごと回転して偃月を投げた。

「いっけぇ!!」

横回転で飛んだ偃月は雷の網を打ち破り、怪人の胸に激突。

大したダメージは入ってないけど意識をレイラから逸らすことには成功した。偃月はオレが投げる前に浮かべたイメージ通り、まっすぐオレの方へ戻ってくる。

「流纏ッ！」

レイラは渦巻く青魔を纏い、雷撃を塵に変えながら怪人の下へ走っていく。

怪人のすぐ前でレイラは札を結んだナイフを投擲。投げられたナイフは怪人の頭の横を通り、怪人の後ろの壁に突き刺さる。

怪人は全ての腕を振り上げ、レイラを叩き潰そうと剣を振り下ろす。

レイラは肩の力を抜き、瞼を下ろした。

「封印《クローズ》」

服のみを残し、レイラの姿が消える。レイラは怪人の背後にあるナイフ、そのナイフに結ばれた札に封印された。先ほどレイラに渡した札にはレイラの名前が刻まれている。加えてレイラは獅鉄槍の調整で魔力を消費していたからオレより魔力が低い状態だった、条件は成立している。

怪人は六本の剣が地面に当たる前に動きを止め、消えたレイラを捜し始めた。

「解封《オープン》……！」

――疑似瞬間移動。

怪人の後ろの壁に突き刺さったナイフ、そのナイフに結びつけられた札から裸の少女が投げ出される。少女は右手に青の魔力を渦巻くように纏い、掌底を怪人の後頭部に繰り出す――！

「【……!?】」

「流纏掌ッ!!」

怪人の後頭部に突き刺さる青の掌底。

怪人の後頭部は抉り取られ、怪人の動きが止まる。完全にクリーンヒットしたが、終わりじゃない。後頭部は修復を始めている。

「そんな……！　今ので決められないなんて――」

「退《さ》がれレイラ！」

オレの手は真っ赤に染まっている。

レイラのおかげでゆっくりと偃月に魔力を込めることができた。

チャージ3……！　オレの最大火力をくらいやがれ……！

「飛べ――偃月ッ！」

掬い上げるように偃月を投げる。

縦回転で地面を削りながら怪人に向かう偃月。

偃月は怪人の大きく開いた両足の間に到達すると軌道を変え、上昇をはじめる。

股下から脳天まで真っ二つコースだ！

「【――】」

地面が揺れた。

今まで、腕は大きく動かしても足元はほとんど動かさなかった怪人が、大きく後ろへバックステップを踏んだ。軽快に、軽い足取りで。

偃月は誰も居ない空間を下から上へ、裂いて行った。

絶望がオレとレイラの頭を過《よぎ》る。

レイラはかなり魔力を消費した。この機会を逃せば次はない！

つーかテメェ、いきなり変な動きするんじゃねぇ!!

「――ざっけんな!!」

両手を前に出し、オレは黄魔を全身から放出。

複数の鎖の形をした黄魔を天井すれすれまで上がった偃月に伸ばす――

「おとなしく――」

鎖を偃月に繋ぎ、上から下へ腕を振り下ろす。

「当たってろデカブツ……!!」

腕の動きに呼応し、偃月は上から下へ、通った道筋よりさらに奥で振り下ろされる。

「【――】」

その動きにも怪人は反応する。

偃月を躱そうと怪人は膝を曲げた。だが、突き出た右ひざの前には虹色の魔法陣が浮かんでいる。

「転移流纏掌ッ!!」

怪人の側から退避したレイラは目の前の魔法陣に腕を突っ込み、転移させて怪人の膝の前の魔法陣から流纏掌を繰り出した。

「良い子にしててね……」

右ひざを砕かれ、怪人の動きは完全に止まった。

――偃月が、怪人の脳天を捉えた。

偃月は怪人の脳天から股下まで一直線に降りて行く。

「【ガアアアアアアアアアアアアアッッ!!!!!!!?】」

黄魔の光が稲妻のように怪人の体を走り、怪人の体が崩壊を始めた。

緑色の光の粒が辺りにばら撒かれ、怪人の体は爆発して消え去った。

上の方でガチン、と鍵が開くような音が響いた。

「ふー、なんとかなったか」

安心し、膝が崩れた。

顔を下げ、肺に溜まった空気を一気に吐き出す。空気を吸いながら顔を上げると、せっせと着替える下着姿の少女が居た。下着まで白1色、だが淡泊な柄ではなく、フリルが付いていたりオシャレさとエロさを兼ねた柄だ。清楚さの中に一滴の濃艶《のうえん》さがある。筋肉が目立たないよう適度に鍛え上げられた肉体が、下着に締め付けられ輝きを発している。

眼福眼福……苦労した甲斐があったというもの。

「……っ！」

白肌の少女はすぐにオレの視線をキャッチし、下唇を噛んで照れと怒りを含んだ眼光で睨んできた。

ナイフが一本、投擲された。

ナイフはオレの頬を裂き、後ろの壁に深々と突き刺さる。

オレは無言の殺意に圧され、おとなしく目を閉じた。

「シール君……薄々感じてたけど、黄魔の量化《ば》けてるね」

目を開けるとレイラがオレに右手を差し伸べながら、どこか怯えたように聞いて来た。

オレはレイラの右手を掴み、足に力を込めて立ち上がる。

「君の方が天才じゃない？」

「……さぁな」

軽口を叩き、レイラと再び拳を合わせる。

〝雲竜万塔〟、200層ボス撃破。

——試練……クリア。でいいのかな？

『おつめでとうございまーす！』

またもや軽快な女性の声。

召喚された蝙蝠型召喚獣が部屋の中心を飛び回る。

『君達凄いね！　強い強い！　おっどろいたよ〜！　これほどの才覚の持ち主が私の情報網に引っかかっていいなかったなんて〜』

コイツ、誰かに似てると思ったらアレだ。どこぞの吟遊詩人に似てやがる。道理でイラつくはずだ。

『ズルはしたけど、修復機能付き〝ロッピ〟ちゃんを倒せたから許してあげる。報酬の錬色器もあげるよ！』

「秘伝の錬色器ってやつか！」

『そ・の・ま・え・に！　上に行った2人と君達2人、計4人分の挑戦料を地面に置いてね』

挑戦料500ouro×4

計2000ouroを地面に置くと、空を飛んでいた蝙蝠型召喚獣が口を開けて金を飲み込んだ。

『ゴクン！　うん、確かに受け取りました！』

ついに来るか、秘伝の錬色器……！

『いでよ！　秘伝の錬色器!!』

――光が部屋の中央に差し込んだ。

見上げると、白い光に包まれた黄色の長弓がゆっくり回転しながら地面に降りてきていた。

弓の中心には小さな緑色の錬魔石が埋め込まれている。

「おぉ……」

この演出は少年心を奪う。

空想の中の伝説の武器の登場シーン、そのものだ。

オレは両手を伸ばし、丁寧な手つきで弓を受け取る。

「これが、秘伝の錬色……」

「ん？　この弓……〝雷印《らいいん》〟だね」

『……。』

蝙蝠から『やば』と声が漏れた。

「知ってるのかレイラ？」

「うん！　よく緑魔の感覚を摑むために使われる訓練用の錬色器だよ！　魔力を込めると雷の矢が形成される。後は普通の弓と同じで弓を引いて矢をうつだけ。印シリーズは雷印以外にも、炎印《えんいん》とか水印《すいいん》とかあって、種類によって矢の属性が変わるんだ」

「へぇ～、つまり、ありふれた武器ってことだよな？」

レイラは頷く。

オレは疑惑の視線を蝙蝠召喚獣に向けた。

「……秘伝の錬色器、ってのはまさかコレのことじゃねぇだろうな？」

問いに答えることなく、蝙蝠型召喚獣は光の粒となって四散した。

「……少年心を弄びやがって」

「まぁまぁシール君、錬色器貰えただけよかったでしょ」

とりあえず、持っておいて損はなさそうだから雷印を〝雷〟と書き込んだ札に封印した。

◆

螺旋階段を上がり、扉を開けると突風がオレらを襲った。

扉の外には小さな石の足場だけが続いている。１人だけギリ立てるぐらいの足場だ。

石の床に乗り、扉の上の外壁を見るとロープが吊るしてあった。ロープを摑んで登るとようやく塔のてっぺんに辿り着いた。

塔の頂上は生活感に溢れていた。紐に干された洗濯物、ベッド、露店で使うような簡素なキッチンもある。

後は……なんだ？　外側に墓みたいな石の塊が四つ並んでいる。左から順に、〝Vance《ヴァンス》〟、〝Serena《セレナ》〟、〝Filmen《フィルメン》〟、〝Ruth《ルース》〟と刻まれている。

「うま、うま」

「あ！　ようやく来たねー。会長、レイラちゃん」

ソナタとアシュはなにやら食べかすを散らかしていた。頂上の隅に置いてある木箱を開け、中にある食料を漁《あさ》っている。

アシュは両腕一杯に干し肉を持って、むしゃむしゃと食べながらこっちに寄って来た。

「……オレらが死闘を繰り広げてた時に、テメェらはなにやってたんだ？」

「いやー、助けようと思って200階の扉の前まで行ったんだけど、開かなかったから諦めた。どうせ君達なら大丈夫だろうと思ってたしねー」

「――で、これはどういう状況だ？」

「アドルフォス君は外出中みたいだったから待つことにしたんだ。

お腹減ったから食料を貰ってた」

やってることは空き巣と変わらねぇ。

「シール。あーん……」

アシュが干し肉をオレに向けて掲げる。

腹がグーッと鳴った。今の戦闘で体内エネルギーを大分《だいぶ》使ってしまったようだ。仕方ない、これは不可抗力だ。

口を開き、膝に手をついてアシュの持つ干し肉にかぶりつく。

「うっま！」

なんだこの肉、初体験の食感だ。

干し肉なのに柔らかい。仄かに酒の匂いがする。

うまい、元の素材もいいんだろうがなにかしら特別な下味を付けてるな。

「アシュちゃんアシュちゃん！　わたしにも〝あーん〟して！」

「レイラは自分で食べて」

「そんなぁ……」

レイラはガックシと肩を落とした。

干し肉を飲み込み、オレは改めて塔のてっぺんから外を見下ろした。

「お――おおおおおおっ！」

横に三つの足音が並ぶ。

レイラは巨大な桜の木を指さし、

「すごいね……！　マザーパンクがあんなに小さく見えるよ！」

ソナタは風に飛ばされないよう帽子を右手で押さえながら、

「絶景絶景！　この景色を見られただけで、ここに来た価値はあるよねー」

アシュは漂う雲に視線を送って、

「おぉ……見て見てシール。雲が下に見えるよ」

オレはアシュと同様に雲を見下ろした。

「いつも見上げてた雲を見下ろす日が来るとはな。生きてれば、なにが起きるかわからねぇもんだな……」

それでもまだ上にも雲はある。上には上があるってやつか。

渓谷を越えて、小さな山に挟まれた道を行けば帝都まですぐだな。帝都の周辺はマザーパンクと同じで野原だ。よく見ると帝都の近くに村も見える。

「ここでなにをしている？」

顔を覆う影。聞いたことのある男の声。

見上げると、背中に竜の翼を生やした男が麻袋を背負って停空していた。

彼の目は警戒心で溢れていた。その目は、例えるなら——泥棒を見るような目だった。

第六十九話　アドルフォス＝イーター

暗い赤髪、両耳にピアス。腰には形成《緑》の錬魔石が埋め込まれた杖。

コイツが最強の魔術師か……アドルフォス。

「……。」

アドルフォスは塔の頂上、そのちょうど中心に降り立って、全体を見渡した。

荒らされた食料、口に食べかすを残したアシュ。

状況を見て、アドルフォスは杖を構えた。

「――盗人《ぬすっと》か」

「否定はできないが待ってくれ」

両手を挙げて交戦意思がない事を訴える。

それでもアドルフォスは警戒を解かない。まずいな、緊張感が高まってきてやがる……。

なにかこの状況を和ませることが起きないか――と考えていると、ポチャンとアドルフォスの肩に白いドロッとした物が落ちた。

「げっ」

鳥の糞だ。

頭上を見上げると何匹かの鳥が隊列を組んで空を飛んでいた。

鳥の糞を受けてもアドルフォスは眉一つ動かさず、視線をオレ達へ戻した。

「お前ら――」

今度はぶちん、と何かが切れたような音がアドルフォスの言葉を遮った。

音のした方、アドルフォスの足元を見ると、アドルフォスの右の靴紐が千切れていた……。

「だ、大丈夫か？」

「……気にするな。不幸《これ》はいつものことだ」

よく見ると、そこはかとなく幸《さち》の薄い顔をしている。

アドルフォスは杖を下ろし、腕を組んだ。武器を下ろしてもその瞳にはまだ警戒の色がこもっている。

「そこの白髪」

レイラは「わたし？」と自分に指をさす。

「お前から懐かしい匂いが微《かす》かにする。もうあるはずのない匂いがな……何者だ？　名前は？」

「れ、レイラ＝フライハイトです……」

レイラが名乗ると、アドルフォスは「フライハイトだと？」と眉を動かした。

「バル翁の孫娘か……！」

「は、はい」

アドルフォスはその情報を聞いて完全に警戒を解いた。

この頂上広場の隅からイスと机を持ってきて並べる。

「――よく来たな。座ってくれ。話を聞きたい」

◆

円卓に並べられた五つの木椅子。

椅子に座り、待っていると水とさっき食べた干し肉が用意された。

アドルフォスも席につき、ようやく話の準備が完了した。ちなみにアドルフォスのコートと靴は新しくなっていた。何着も同じのを持っているんだろうな……。

「……。」

コイツが爺さんのラストパートナー……最《もっと》も爺さんと長く組んだ男であり、爺さんが最強だと認めた奴か。

まだ二十歳かそこらだよな。好みは分かれるが、顔は整っている（幸は薄そうだが）。

異様な圧力を感じる。

まるでドラゴンと卓を囲んでいる気分《きぶん》だ。

「これ、なんのお肉？」

アドルフォスに対し、アシュは何の遠慮もなく干し肉を食べながら話しかけた。

「竜の肉だ」

「へぇー……え？」

アシュの動きが止まる。

魔物は食べてはいけないというのが常識。ゆえにアシュは焦っている。

「大丈夫だよアシュ、魔物はきちんと調理すれば問題なく食べられる。そうだろ？」

「ああ。その通りだ。ここにあるのは全て調理済みのものだ」

「なんだ、よかった……」

「魔物を調理するのはすっごく難しいって聞くけどねー」

ソナタは知っていた様子だ。

「俺の調理は完璧だ。一切瘴気《しょうき》は残っていない。魔物の内にある瘴気、それが一定以上体内に溜まり、結晶を作り出した時、人は魔人になる。ちなみにこの時できる結晶は錬魔石によく似た物だ」

アシュとレイラはホッと胸を撫でおろした。

「魔物は瘴気さえ取り除けばそこらの動物より遥かに美味なのが多い」

アドルフォスは一度席を離れ、一冊の本を持って戻って来る。

「これをくれてやる。魔物の調理法が載ったレシピ本だ」

——魔物調理大全集を手に入れた。

興味深い。後で読み込もう。

「いやぁ、お初にお目にかかるよアドルフォス君」

「ソナタ＝キャンベルだな」

「あれ、僕のこと知ってるんだ」

「さっき受付の召喚獣から報告があった。騎士団の大隊長が来てるってな」

「なら話が早い。僕は今、再生者に対抗するための部隊を作ってるんだ。その部隊に」

「断る」

「え？」

「俺はお前ら騎士団に協力はしない。どんな事情があろうともな。騎士は反吐《へど》が出るほど大っ嫌いだ」

はっきりと釘を刺され、ソナタはガックリと肩を落とした。

「……そっちの金髪、お前からは全く別の人間の匂いを色濃く感じるぞ。1人、2人——3人。お前からは別々の3人の匂いがする」

次にアドルフォスはアシュに視線を移した。

3人の匂い……？

アシュとシュラと……そうか、シュラは昨日レイラと同じテントで寝たからレイラの匂いも付いているのかもしれない。

「2人の間違いじゃないか？　アシュは太陽神《ラー》の呪いっていう……」

「太陽神の呪い子!?　驚いたな……神呪を見るのは初めてだ」

知識として、太陽神の呪いのことは知っていたみたいだな。

屍帝もパールもアシュラ姉妹の呪いについては知っている様子だった。オレが常識知らずなだけで太陽神の呪いってのは案外有名なのかもしれない。

「実はオレ達がアンタに会いに来たのはこの姉妹の呪いを解く方法を聞くためなんだ」

オレはバッグからアドルフォスが落とした本を出す。

「この本……そうか、銃帝と戦った時に落としたのか」

「銃帝？」

レイラは首を傾《かし》げる。

「本には呪いの事が書いてあった。もしも、呪いを解く方法を知っているなら教えてほしい」

アシュは珍しく声に熱をこもらせてそう言った。

「本を拾ってもらったことには礼を言う。だが残念だったな、俺は呪いについてそこまで詳しいわけじゃない。当然、呪解の方法も知らない」

「そうか……」

無駄足だったかな……。

アシュは表情にこそ不満を出さないものの、「むぅ……残念」と口にした。

「それでお前は何者なんだ？」

「ん？　オレか？」

「バル翁の孫娘、騎士団の大隊長、太陽神の呪い子ときて、最後はなんだ？」

アドルフォスがこっちを見てくる。

なんだかすげー期待度が上がっている気がする。

オレはこの上がり切った期待を超えることができるだろうか。

一抹の不安を抱きながら、オレは自己紹介する。

「オレはシール＝ゼッタ。バルハ＝ゼッタの弟子で——封印術師だ」

第七十話　異次元の戦い

アドルフォスは微動だにしなかった。

「おーい、どうした？」

「……。」

石像のように固まってしまったアドルフォス。もしかして、信用されていないのか？　なに馬鹿言ってんだコイツ、とか思われているのだろうか。

目の前で、オレは1枚の札を出す。短剣《ルッタ》が封印された札だ。

「ほい」

札からルッタを解封して出してみせる。そしてすぐにルッタを札に封印した。

封印術師としてこれ以上ない証拠だろう。

「お前――」

アドルフォスはようやく焦点をオレに合わせた。

「お前、封印術師なら最初にそう言え！」

今までの落ち着いた様子から一変、アドルフォスは声を上ずらせた。驚いた風に、責める風に、そしてどこか嬉しそうに。

「聞かれなかったからな」

「会う奴全員に『お前は封印術師か？』なんて聞くわけないだろ」

「会う奴全員に『オレは封印術師です』って言うわけないだろ……」

アドルフォスは懐《ふところ》から真っ白の石を取り出し、こっちに向かってぶん投げた。

オレは石を右手でキャッチし、観察する。一切他の色が入っていない、純白色だ。

「なんだよコレ」

「〈エリュギリオン〉。魔力を孕まない鉱石の中で最も硬いモンだ。それに名を書き込め。〝アンリ＝ロウ＝エルフレア〟とな」

「どうして？」

「書いたら教えてやる」

アンリ――ロウ――エルフレア。

「……書いたぞ」

「よし、じゃあ行くぞ」

「え？　ちょ――！」

オレは腕を引っ張られ、上空に投げられた。

「うおあ!?」

シャツを引っ張られ、オレは空中で止まる。

オレのシャツを持ち上げながら、アドルフォスは空を竜翼で飛んでいた。

「アドルフォス君。彼をどこに持っていく気だい？」

ソナタはこっちを見上げながら、真剣な面持ちで聞いてきた。

首を回し、アドルフォスの方を見ると、アドルフォスは警戒した様子でソナタを見下ろしていた。

まだソナタだけは信用していない感じだ。さっき騎士団のことが嫌いとか言っていたから、騎士団員であるソナタのことが気に入らないのだろう。

「……説明がめんどくさいな。いいからお前らはそこで待ってろ。すぐに戻ってくる」

「待てって！　どこに行く気だ!?　まず事情を――おわあああああああああっ!?」

体を捻り、空を向いて、アドルフォスの右腕を両手で摑む。

アドルフォスは有無を言わせず雲を突っ切って空を行く。

「今…ら、再…者を、封…しても…う」

「あ!?　なんだよ！　風の音で聞こえないって！」

やばい、景色を見る余裕すらない。赤魔で体を固めないと風圧でぶっ潰れそうだ。速すぎるッ！

風で瞼が開かない。今オレはどこに居るんだ？　雲の上か下かもわからない。気温だけが移り変わっていく――

「どわっ!?」

地面を背中に感じ、心の底から安堵する。

見上げた景色にはうっすらと伸びた木の枝が見えた。森……いや、湿気が凄い。

そこら中に水たまりもある。湿地——ってやつなのだろうか。

「おい、アドルフォス？」

体を起こすと正面に鉄で作られた窯が見えた。

アドルフォスは窯の方に歩いて行く。

「——結界が割られてやがる」

アドルフォスは苦い顔をし、さらに歩を進めた。

「おい！　いい加減ここに連れて来た理由をだな……」

地面に足をつけ立ち上がる。

ぽと、と何かが落ちた音がオレとアドルフォスの間から聞こえた。

——なんだ？

茶色の染みが、目の前の地面に広がって——

「窯にも穴が……ちっ！　逃げられた！」

アドルフォスの真後ろに、茶色の泥が湧き上がる。湧き上がった泥は女の形を取り、腕を鎌の刃のような形にしてアドルフォスに向けていた——

「アドルフォスッ!!」

オレが叫ぶより早くアドルフォスは振り返り、鉄を溶かしたようなドロドロの銀色の液体を泥の刃にぶつけ相殺した。

アドルフォスと泥女は互いの魔力圧をぶつけ合い、睨み合う。

「待ってたわよぉ！　色男ッ!!」

「――お前の匂い、鼻につくんだよ。泥女……！」

第七十一話　脇役の精神

――ここは夢の中なんじゃないかと思った。


それほどまでに異次元な戦いが繰り広げられていた。

互いの攻撃を相殺し、互いに自前の翼を持って天高く舞ったアドルフォスと泥女は大規模魔術をぶつけ合う。オレが直撃すれば即死するレベルの魔術だ。

アドルフォスが白銀の拳を無数に生み出し、それに対応して泥女が無数の泥の足を生み出す。空中でそれらが炸裂し、轟音が響いたと思ったらいつの間にかアドルフォスがオレの隣に立っていた。

「前に戦った時より魔力が回復してやがる。どこの誰だ。俺の結界を破り、窯から野郎を出したのは……！」

「ナニモンだよ、あの泥の奴」

泥女は正面遠くの大木の先に立ち、愉快気にこちらを見下ろす。

「再生者、泥帝〝アンリ＝ロウ＝エルフレア〟。お前の師が20年前に封印して、つい最近復活した奴だ」

「再生者!?」

屍帝と同じ、人類の敵――――！

「触れた物体を泥にし、操る力を持っている。無論、不死だ」

「なるほど。状況は呑めた。アンタはあの窯に泥女《再生者》を詰め込んで捕縛していた。そんでオレをここに呼んで改めて完璧な封印をさせようとした」

不慮の事故で泥帝は抜け出したみたいだがな。

「理解が早いな。さすがはバル翁の弟子だ」

「アンタこそ、単体で再生者を捕まえるなんて、さすがは爺さんのラストパートナーだな」

アドルフォスは両手で一度前髪をかきあげ、魔力を体中に漲《みなぎ》らせた。

「封印術師。この戦い、お前にバル翁の代わりを任せるぞ。俺がアイツを弱らせる。お前は――――」

「隙を見て奴を封印する」

首を鳴らし、戦闘態勢に入る。

「タイミングを逃すなよ……！　――行くぞ!!」

と言ってアドルフォスは空に飛んだ。

「え……？」

あの……アドルフォスさん、『行くぞ!!』と言って空に飛ばれても、ついていけないんだが。

「この前のような油断は無いわ！　アドルフォス＝イーター!!」

「お前、どこで俺の名を聞いた？」

「忌々しい顔をした素敵なおじ様よ！　ここで待っていればきっと戻ってくると思ったわ！　私の涸れ果てた魔力――アナタを取り込んで回復する！　アナタの持つ魔力を取り込めば、この大陸全てを泥沼に変えられるわ!!」

泥帝もアドルフォスの動きに反応して飛び上がった。

上空で空中戦が繰り広げられる。

8の字に飛び、交差する破壊と破壊。

空を飛び交うアドルフォスが一瞬止まってオレに視線を送った。

「ここだ！」

「……。」

なんだ、『ここだ』って。

今、封印するタイミングがあったのか？　動きが速すぎて何も見えなかった。

「今だ！」

「……。」

再び視線を送ってくるアドルフォス。

しかしシール＝ゼッタは何が起きているかわからない。

「ここだぁ!!」

「――どこだよ!!」

思わずオレは叫んだ。

アドルフォスは風の魔術で泥帝を吹き飛ばし、オレのところにリターンした。

「おい、タイミングを逃すなと言っただろう。バル翁ならもう百度は封印している」

「タイミングがシビア過ぎなんだよ……! あと、一応言っとくけど、オレは空を飛べない」

「空を……飛べないのか?」

「普通の人間は飛べないんだよ!!」

コイツ、ちょっと天然入ってるな……。

泥の匂いが鼻孔を貫く。

周りを見ると木や岩、水が全て泥色に変わっていた。

泥女は遥か先で、地に両手をつけている。

「アイツ、マジで大陸を沈められるんじゃないか!?」

「気を付けろ封印術師。さっきも言ったがあの女は泥を自在に操れる。泥は全て凶器だと思え」

周囲の泥から泥玉が放たれた。

「――ッ!?」

速く、広範囲。駄目だ躱せない。

赤魔で体を固めるのが限界――！

体が宙に浮き、景色が一瞬で変わった。

いつの間にかオレはアドルフォスに抱えられ、大木のてっぺんから湿地を見下ろしていた。

「体内に泥を侵入させてみろ、お前ぐらいの魔術師だと内側から泥に破壊されるぞ。掠《かす》り傷でも致命傷だ」

大木の枝の上に足をつけ、景色を見渡す。

様々な色が混じっていた湿地が次々と泥色に統一されていた。

「お前、魔術を習って何年になる？」

「半年とちょっとだ。それがどうした？」

アドルフォスは組んでいた腕を解き、オレの方を向いた。

その瞳には多少の動揺が見えた。

「……もう一度聞くぞ。魔術を習って何年になる？」

「半年とちょっとだよ」

そういうことか、とアドルフォスは呆れた。

「封印術の習得には最低10年かかるんじゃなかったのかよ、バル翁……いや、よくよく考えれば、お前が10年前にバル翁に師事していたなら色々と矛盾があったか」

なんとなく合点がいった。

封印術の習得に10年かかったと、爺さんも言っていた。きっと、封印術とはそれぐらいの期間費やさないと習得できないのが常識なんだ。だから多分、アドルフォスは封印術を使えるオレの魔術歴を10年以上と見ていたのだろう。だからこの戦いにオレがついて行けると思ったんだ。

しかし、仮にあと9年魔術を訓練したところで、このレベルについていけるとは思わないんだが……。


「悪かったな」

アドルフォスは空を飛び、オレに背中を見せる。

「お前を熟練の魔術師だと勘違いしていた。お前は前に出なくていい。安全な所で身を隠していろ」

「1人で戦う気か？　あれは単体でなんとかできるレベルじゃないだろ……！」

オレが乗っている大木を除いて、湿地のほとんどは既に泥に変わっていた。

規模が違う。次元が違う。これが、全力の再生者の力……！　屍帝と段違いの制圧力——否、アイツも全盛期はこれぐらいのことができたんだろう。

爺さんもアドルフォスも、こんな化物共を相手にしていたのか……！

「無理だ。地形が不利すぎる！　こうも泥ばかりの場所じゃあの女の独壇場だ！」

「——簡単な話だ」

泥帝は間違いなく化物だ。

オレはまだわかっていなかった……目の前の男が、さらにその上を行く化物だということを。

「不利な地形なら、地形を変えればいい」

アドルフォスは腰から杖を抜き、右手に構える。

「ヴァナルガンド……！」

アドルフォスは杖に無量の魔力を込め、液体を発生させる。

「この匂い……油か？」

広がる泥の倍の量の油を形成し、その塊を泥の中心へ落とす。油と泥が混ざりあったところで、アドルフォスは顔を竜へと変貌させ、口元で火球を作った。

「〝地喰炎海《フィアンマーレ》〟ッ！」

炎のブレスを油と泥の塊に放つ。

炎は一斉に湿地全体に広がり、泥を焼き尽くした。

炎は油を吸って拡大し、火の海を作り出す。

「うおっ!?」

足元の大木の根が炎に焼かれ、崩れる。

オレは大木から飛び降りて炎に囲まれた大地に着地する。

暗雲が空を覆い、景色が暗く染まっていく。

アドルフォスはオレに目もくれず、焼けた大地に立つ泥帝の方へ飛んでいった。

「完全な足手まといか……いやいや、規模が違いすぎるって」

遠くなる背中。爺さんの背中がアイツの隣に見える。

——なぜだろう、少し腹が立った。

ジッと、アドルフォスが再生者を連れてくるのを待つ。それが最善の行《おこな》いだ。

わかっている。わかっているが、ここで止まって甘えてしまうと、一生あそこには立てない気がする。

爺さんの隣には——

「……ただ待つってのは、退屈なんだよ」

炎の壁を避けながら走り出す。

泥帝《アイツ》は遥か格上、到底オレが敵《かな》う相手じゃない。

次元が、格が違う。この戦いで……オレは主役にはなれない。

できることを考えろ……主役ではなく、脇役に徹するんだ。

相手を倒す術《すべ》ではなく、相手が嫌がる術を考えろ。脇役らしく、雑魚らしく。オレが今できる最善の嫌がらせを考えるんだ。

「なにやってんだろうなぁオレは」

オレが行ったところで出来ることなんて限られている。

だけど、胸の内にある好奇心が前に進めと言っている。

泥帝までの距離は２００～３００ｍ。周囲に泥はなし。ここならギリ泥帝の攻撃に反応できる。

手札はなにを使うか。

泥帝は触れた物を泥にする力を持っている……ルッタ、獅鉄槍、偃月は触れた瞬間に泥に変えられる恐れがある。戦いがどれだけ長引くかわからないからオシリスオーブも無しだな。ならば、選択肢は一つ。

「――〝雷印〟、解封《オープン》ッ！」

〝雷〟の札から長弓を出し、手に持って構える。

「えーっと、確か緑魔を込めると……」

弓に形成の魔力を込めると、矢の形をした雷が形成され、弓に装備された。

弓の弦《つる》を適当につまんで引く。すると雷の矢もちゃんと後ろに引かれた。

「……弓使ったことないけど、構えが間違ってるのはわかる」

まぁいい。飛んでくれればＯＫ。

矢の軌道は山なり。そこだけ意識してオレは弦を放し、雷矢を放った。

だがしかし、矢は山なりに飛ばず、まっすぐ進んでいった。想定していた軌道を大きく外れ、矢は空を飛ぶ泥帝に向かわず、あらぬ方向へ飛んでいった。

仕方ない。最初は外れること前提。矢がまっすぐ行くってわかれば次当てるのは簡単だ。

――ここで、思わぬ事態が起きる。

そのまま虚空に雷矢が消えてくれればそれでよかったのに、竜翼を生やした影が雷矢の行き先に現れた。

「やべっ!?」

「……っ!?」

雷矢がアドルフォスに偶然当たる。

アドルフォスは無傷、だが一瞬矢に気を取られ、拳を巨人サイズまで膨らませた泥帝に殴り飛ばされた。

アドルフォスは鉄でガードしたが、その身を大きく吹き飛ばされ、オレの正面の地面に突っ込んだ。

膝をつき、アドルフォスはゆっくり深呼吸したあと、オレの方を向いた。

「……使い慣れていない武器を使うな……!」

「すまん、マジですまん」

アドルフォスは再び飛んでいく。

さて、どうするか。いやしかし、泥帝に有効打を与えられるのはこの弓しかないんだ。

考えはある。オレが唯一アドルフォスの手助けになる考えが。

「もうちょい近づくか……」

さっきので弓の感覚は摑めた。

次は当てられる……気がする。

距離150。

狙うは泥帝、その顔面だ。

「行け！」

オレは片膝をつき、弦を引いて放つ。

矢は真っすぐ伸びていき泥帝の顔面に当たった。

「なによ、雷……!?」

「二度目でヒット。天才的だな……オレ」

泥帝は無傷。しかし動きは止まる。

アドルフォスは旋風の魔術で泥帝の体を裂いた。

泥帝は再生者、すぐさま体を再生させる。オレは再生のタイミングを見て、再び泥帝の顔に矢を当てる。

矢は顔に当たると雷光を放ち、散る。ダメージはゼロだ、でもそれでいい。

「うざったい……！」

アドルフォスはオレに一瞬視線を送り、口角を少し上げた。

「――なるほどな」

アドルフォスはオレの意図がわかったようだ。

ダメージが無いのは百も承知だ。この弓、訓練用って言うだけあって威力は滅茶苦茶に低い。多分、オレが喰らっても大したダメージにはならない。

驚くことに、欠点はそれだけだ。

訓練用のため、どんな人間にも扱えるように配慮されている。消費魔力は下の下で、いくら撃っても魔力が無くなる気がしない。矢の軌道は風の影響を受けず、弓が下手な人間でもきちんと標的にヒットするようになっている。

素晴らしいのはここからだ。矢が弾《はじ》けると同時に雷光を散らすため、対象の視界を塞ぐ。着弾時の雷音も凄まじく、相手の聴覚を封じてくれる。

相手を破壊するためじゃなく、相手の足止め・攪乱《かくらん》をするための武器として、この雷印は素晴らしい性能を誇っている。下手な伝説の武器より、オレにはよっぽど合っているな。

「そらそらそら！」

矢を泥帝の顔面にひたすらヒットさせる。

泥帝が怯《ひる》んだ隙にアドルフォスが奴の体を削る。

これを繰り返し、泥帝の魔力が尽きるのを待つ――我ながら、鬱陶しいことこの上ないな。

「邪魔するなぁ!!」

泥帝がオレのちょっかいに苛立ち、こっちに殺意を向けてくる。

――それは悪手だろうに。

「……おい、再生者。俺を無視する余裕があるのか？」

渦巻く青魔を右手に宿して、アドルフォスは掌底を泥帝に繰り出した。

「──流纏掌《るてんしょう》ッ!!」

「アドルフォスゥゥ！！！！！！」

泥帝はぶっ飛び、500mほど先の地面に体を打ち付けた。

おいおいマジかアイツ、流纏まで使えんのかよ……！　しかも言っちゃやなんだがレイラの使っている流纏とは規模《レベル》が違う。青く渦巻いた魔力はそこらの一軒家ぐらいなら呑み込む大きさだった。

そうか、爺さんは封印術師であり流纏の使い手だったたって話だ。爺さんと旅してたんだから、流纏を学ぶ機会はいくらでもあったよな。

「うお！　なんだ？」

アドルフォスが泥帝を追撃しようと翼を動かした時、オレの四方を囲むように泥が湧き上がった。

湧き上がった泥は五つの塊となる。

──ゴーレムだ。

周囲に巨大な泥の人形が5体、形成された。

「くそっ！　厄介だな……！」

オレは空を飛ぶ竜翼の男に視線を送る。

アドルフォスが翼を止め、挑発するような目を向けてきた。

〝助けは要るか？〟

口にはしていないが、ハッキリとアドルフォスは目でそう語ってきた。

「あの野郎……」

舌打ち交じりに、オレは人差し指を前に向ける。

「舐めんな！　コイツら程度オレ1人で十分だ!!」

アドルフォスはうっすらと笑い、目線を泥帝に戻して滑空する。

さて、ゴーレム達をどう処理しようか。

ルッタ、火力不足。獅鉄槍、火力不足。雷印、火力不足。

選択肢は三つ。オシリス＆偃月か、オシリスだけか、偃月だけか。

ここでオシリスを切るのはリスクがデカい。選択肢は一つ。

オレは弓を地面に投げ、〝月〟の札を手に取り、武器の名を呼ぶ。

「来い！　――〝偃月〟ッ!!」

巨大なブーメランを呼び出し、両手で握る。

――『チャージ2ならばゴーレムすら破壊する威力を発揮し……』

どこぞの犬がいつかそう言っていたはずだ。

「信じるぞ、ガラット」

偃月に魔力を込め、真っ赤な蒸気を纏わせる。

「いっけぇ!!」

オレはブーメランをゴーレムの群れに投げる。

偃月は弧を描き、5体の内4体のゴーレムの胴を斬り裂いた。

しかし最後の1体には当たらなかった。

避けられたわけじゃない。他のゴーレムに当たった衝撃で偃月が徐々に想定していたルートから外れていったのだ。

「ちっ」

堅い物体に当たると思った通りに進まないな。この辺りは仕方ないか。

まぁいい。ルートから外れたなら無理やり修正するまで——

「おらっ！」

オレは黄魔の鎖を右手から伸ばし、回転するブーメランに繋げる。

「そうらよっと！」

ブーメランを黄魔の鎖で無理やり軌道変更させ、来た道を戻らせる。残った1体のゴーレムの腹部を横から一閃。

横回転で戻ってくるブーメランをキャッチする。赤魔をごっそり持っていかれたな……もう赤魔の残りは限りなく少ない。

「——〝封印《クローズ》〟」

偃月を札に封印。

敢えて、オレは奴に見えるように偃月を封印した。

アドルフォスは言っていた。泥帝は20年前に爺さんに封印されたと。

ならば屍帝と同じく封印術を見たことがあるはずだ。オレが封印術を披露すればすぐにわかる。

再生者ほど封印術を恐れている者はいない……さっきまで眼中にも入れず、うざい蝿程度に思っていたシール＝ゼッタという人間が途端に強大な存在へと変わる。目の前にアドルフォス《怪物》が居ても、奴の意識はオレに向く。少しでも陽動になればいいけど——

「……!?」

心臓を貫く寒気。

感じたことの無い、激しい殺意。

「アナタ——今、封印したわね……」

空を飛ぶ泥帝が、顔面を歪み崩しながらオレを睨んでいた。

鬼の形相——先ほどまでの美しい女性の顔はなく、目は六つ、口は三つの怪物の顔だ。

己の死の情景が無数に浮かぶ。実際、彼女の頭の中には無数のオレの死に様が浮かんでいるのだろう。

息ができない。汗が止まらない。

焦るな……計算通りだ。

――しっかり感じ取れよラストパートナー。決め時だ。

「封印したわねぇ！！？　お前、おまえぇ！！！　封印術師かぁ！！！！！！」

ゆっくりと呼吸を戻し、オレは表情《かお》を緩める。

「学習しろ馬鹿。よそ見禁物だっての」

青き魔力が泥帝の体を包み込んだ――

「流纏ッ!!」

青魔が渦巻き、泥帝の全魔術がキャンセルされる。

無防備になった泥帝の背中にアドルフォスの右蹴りが刺さった。

「また……また流纏《それ》かぁ!!」

「飽きたか？　なら対応してみろ」

泥帝は地面に突っ込む。

アドルフォスはオレの側に飛び降りて来た。

「……黄魔の量だけは一級品だな」

「『だけ』は余計だ」

「武器の使い方もよかった。相手の嫌がることを心得ているな。――良いサポートだったぞ」

アドルフォスはオレの背を叩き、清々しい顔で言ってきた。

――くそ、ムカつくが嬉しい。

「覚えておけ封印術師。再生者は破壊し続けると再生速度を遅くする」

見ると、確かに泥帝は徐々に体を再生させる速度を落としている。

「再生速度は奴らの残存魔力量を示す。終わりは近いぞ」

「それ聞いて安心したよ……さっさと決めてくれ」

「ああ。奴はそろそろ出すはずだ。奥の手を。――真っ向から叩き潰して終わりにしてやる」

泥帝の背中に六つの翼が形成される。

泥帝は雲よりも高く飛び上がり、右腕を天に掲げた。

「〝我が胎《はら》を食い破り、産まれよ万物の生命！　地を這う全ての命に災厄の産声を浴びせ給え〟ッ！」

遥か上空からも聞こえるほど、大きな声で泥帝は詠唱した。

彼女の魔力が天に溶け、空に浮かぶ雲が円形に変形する。

変形した無数の雲は、火・水・土・風、数えきれない種類の属性の魔力の塊を生み出した。

「――色装、〝漆《しつ》〟！」

さらにその全ての魔力の塊に黒い魔力が纏われる。

「獄の門、三番！　〝インフェルニティゲート〟ッ!!」

世界の終わりを思わせるほどの破壊の塊が、雨のように大量に生み出され、この大地に向かって降りて来た。

「アナタ達は今！　ここで！　確実に葬るっ!!　まとめて消え失せなさいっ!!」

頭の中は冷静だった。

きっと、奴はこれを超える技を出してくれるに違いない。

「〝獄の門〟は奴ら再生者の奥の手。残存魔力を全て費やし放たれる。規模・威力は他の魔術の比じゃない」

オレは横に居る男を見た。アドルフォスは――

「ようやく、その高度まで上がったな……！」

アドルフォスは、笑っていた。

「お前が万物を生み出すなら、俺はその悉《ことごと》くを喰いつくすまでだ」

アドルフォスは左腕の包帯を解き、白銀の左腕を空に晒し、天高く浮かぶ泥帝に掌を向ける。

「よく見ておけ、封印術師。お前の師が戦っていた世界を……」

鉄の左腕、その先に竜の顎《あぎと》を作り出し、炎の塊を顎の先に練り始めた。

練り固まった炎の塊《かたまり》に四色の波動を混ぜ、凝縮させる。鉄の左腕は更に変化を遂げ、羽や翼や人の腕の形をした緑色の液体、鉄の棘が生《は》え混ざる。

形成の魔力で作り出した色々な物質を混ぜ、凝縮。混ぜて、凝縮。混ぜて、凝縮――

「これが」

――爺さんの相棒を務めた、魔術師の本気……！

合成、凝縮を数え切れないほど繰り返し、出来上がったのは底の見えない漆黒の球だった。

「色装、〝漆〟。合成獣砲《ごうせいじゅうほう》――〈マグライ〉」

――放たれた拳サイズの漆黒の球は、泥帝に当たると同時に空を黒に染めた。

空に浮かんでいた全ての塊が弾け飛び、暗雲が晴れた。

泥帝は魔力を使い果たし、ボロボロの状態で地面に落ちて来る。気を失った再生者《泥帝》をアドルフォスに貰った鉱石に封印し、戦いは終わった。

「ほらよ」

泥帝が封じられた鉱石をアドルフォスに投げる。

アドルフォスは右手でキャッチし、懐にしまった。

「信じられねぇな……湿地が無くなっちまった」

流れていた川、生い茂っていた草木、その全てが消え失せ、多少の泥と火の池のみが土の上に残っている。

「……再生者の全力、まさかこれほどとはな」

「アレでも弱っていた方だ」

再生者も凄いが、その再生者をほとんど1人でぶっ飛ばしたアドルフォスも凄まじい。あれだけの大技を放っておきながらまだ余裕がある顔だ。爺さんもアドルフォスと同じかそれ以上に強かったんだろうな。2人が組んだらどんだけ強かったんだろう？

爺さんとアドルフォスのコンビネーション、一度でいいから見てみたかったな。

「――単純な疑問なんだが、なんでアイツらは不死身なんだ？」

根本的な問いを投げる。

再生……といえば副源四色の白魔を思い浮かべる。だが泥帝は黒魔を使っていた。副源四色は一つしか持てないのだから、矛盾する。いや、いくら白魔といえど体が粉々になってから再生するなんてそもそもあり得ない。

「奴らの特性を考えれば当然だ」

「特性？」

「あの本を読んだのなら、〈終楽戦争《しゅうがくせんそう》〉のことはわかるな？」

「人間と神様が争ったって話か？」

女神ロンドが戦争ばっかりする人間に怒って戦争を吹っ掛けたって話だったはず。戦争に勝った女神は七つの呪いを世界に放ち、その代わり七つの祝福――魔力を人間に与えた。

「あの話は真実だ。バル翁はそう語っていた」

「真実だとして、それが今の質問となんの関係がある？」

「――女神が世に放った七つの呪い、女神の呪いが受肉した存在こそが……再生者だ」

呪いが、受肉――？

呪いが形となって、現れたのが再生者だとでも言うのか。

「俺が知ってるのはこれぐらいだ」

「待てよ！　呪いが受肉したってのは百歩譲って信じる。でもだからって再生者が不死な理由には
――」

頭にとある姉妹の顔が過った。

――思い出せ。

シュラとアシュ。

あの姉妹がなぜ呪いを解くのに苦労しているかを。

「呪いは――絶対に解けない」

「……呪いは器が消えない限り不滅だ。だから、呪いが形を成した奴らもまた不滅。人にかかった呪いは、呪いのかかった人間が死ねば消えてなくなる。世界にかかった呪いである奴らは世界が滅びるまでその存在を残し続ける」

……理屈は一応通る。けど、モヤッとした感覚は拭えない。

「問答は以上だ。続きは帰ってからだな」

気づくと、空はオレンジ色に染まりかけていた。

もう夕方か。

「ん？」

なんだ？　右手が熱い。

視線を落とすと、オレの右手に光が宿っていた。

その光はシーダスト島で、銃帝を止めた鎖と同じ金色の光だった。

「――なんだこりゃ」

金色の光は次第に輝きを増していく。

「どうした？」

「いや、なんか右手に金色の光が……」

視線を再び落とすと、光は消え、右手は通常状態に戻っていた。

「悪い、気のせいだったみたいだ……」

謎だな、今の光。

なにか出現する条件でもあるのか？

「……無いな」

アドルフォスは焼けた大地に視線を配る。

なにかを探している様子だ。

「封印術師。お前、どこかで錆びた剣を見なかったか？」

「いいや、見てないな」

「――そうか」

アドルフォスはほんのり落ち込んだ。お気に入りの剣を無くしたようだ。

「少しだけ、掃除してから帰るか」

地形を整えた後、オレはアドルフォスに抱えられ、〝雲竜万塔〟に帰った。

第七十二話　伝言

「ただいま」

　無事、再生者を封印したオレは〝雲竜万塔〟の頂上——もとい、アドルフォスの住居へ帰って来た。

　真っ先にオレを迎えに来たのはシュラ《ちびっ子》だった。

「どこ行ってたのよ!?」

　アシュはシュラと交代したようだ。気づけばもう太陽は完全に沈んでいた。

「もう陽が落ちちゃったじゃない！　私はアンタに話があってわざわざここまで来たのよ！」

「呪解の方法は知らないと言ったはずだが？」

　シュラはアドルフォスに詰め寄る。

「ええ言っていたわ。それは本当でしょうね。でも、呪いについて詳しく無いっていうのはうそでしょ」

　シュラはすぐ近くの本棚を指さす。本棚には呪いについて書かれた本が大量にあった。

「ここの本棚には私の知らない呪いについての本が大量にあったわ。呪いについて、アンタが知ってること全部聞かせてもらう！　聞くまでなにがあろうとここを離れないわ！」

アドルフォスは諦めたかのように溜息をついた。

「わかった。後で話をする時間は設けてやる」

「よろしく頼むわ！」

アドルフォスを押し切るとは、さすがはシュラだな。

「ねぇ会長、結局アドルフォス君とどこでなにをしていたの？」

シュラ達にオレが経験したことを説明すると、まずソナタが驚き混じりの笑みを浮かべた。

「再生者をあっさりと……噂以上だね、アドルフォス君」

アドルフォスはどこか浮かない顔をしている。

「彼は一体なにを落ち込んでるんだい？」

「大事な剣を無くしたんだと」

「——大事じゃない。元々の持ち主は大嫌いな野郎だったから、むしろ無くなってせいせいしている」

強がってる……。

「太陽神の呪い子以外も、俺に話があるのか？」

オレとレイラとソナタは頷く。

「中には聞かれたくないこともあるだろう。1人ずつ呼ばれた奴からこっちに来い」

「悪い、オレは明日でいいかな？　ガーディアンと泥帝の連戦でクタクタなんだ……もう飯食って寝たい」

「構わない」

シュラ、レイラ、ソナタはそれぞれ個人的にアドルフォスと1対1で会話した。オレは六本腕の怪物と泥帝との連戦で疲れ切っていたため、会話に加わることなく、1人でテントで眠った。

◆

目を覚ますと、まだ辺りは暗かった。

深夜。隣ではソナタがいびきをかいて眠っている。

まだ眠気が残っているが、ソナタのいびきが静まるまで外で時間を潰そう。

テントを出て背筋を伸ばし、周囲を確認すると端の方で人影が一つ座り込んでいるのが見えた。

「まだ起きてるのか？」

人影——アドルフォスに歩み寄り、声をかける。

「そいつは……」

アドルフォスの正面にあるのは四つの墓だ。

「俺の、元パーティメンバーの墓だ」

寂しげな背中でアドルフォスは語る。

「ヴァンスは力持ちで頼りがいのある、皆の兄貴分だった。セレナは面倒見が良くて落ち着いていて、俺にとって姉のような存在だった。フィルメンは博識で、よく本の話をしたな。そして、ルースは……」

そこでアドルフォスの言葉が止まった。

「アンタぐらい強くても、仲間を守れないんだな」

「コイツらが死んだ時、俺は弱かった。いつも、みんなに守られていた。全て失ってからだ、俺が強くなったのは。仲間を失って、半ば自暴自棄になって、死に場所を探すように冒険を始めた時──俺はバル翁に出会った」

アドルフォスは晴れた顔で、空を見上げる。

「バル翁が俺に教えてくれた。どれだけ過去が暗く、悲しく、絶望に満ちていようとも、人生を楽しまなくていい理由にはならない──ってな」

「ははっ！　爺さんらしいな……なぁアドルフォス。爺さんがアンタに伝え忘れたこと、伝えるよ」

「伝え忘れたこと？　再生者の情報とかか？」

「そんなんじゃないよ」

そう、そんなんじゃない。

大した言葉じゃない。

きっと、口にしなくても伝わっていることだ。


「『君との冒険は楽しかった』。だってさ」


たったそれだけ。たったそれだけの言葉を受けて、
アドルフォスは顔を伏せ、右手で目元を隠した。一筋の雫が、ポタリと落ちた。

「ああ……。俺も、アンタとの冒険は楽しかったさ……！」

三年間、アドルフォスは爺さんと旅をした。オレの約6倍の時間一緒に居たんだ。

アドルフォスの頭の中では爺さんと冒険した各地の思い出が巡っているのだろう。

――少しだけ、羨ましくも感じる。

アドルフォスは右腕で目元を拭い、顔を上げた。

「シール＝ゼッタ。お前の仲間から聞いたが、お前はバル翁の未練を晴らすために冒険しているらしいな」

「半分はそうだな。もう半分は単純に面白い景色が見たくて冒険している。この塔から見る景色のようにな」

オレはポケットに手を突っ込み、牢屋での出来事を思い出しながら語り始める。

「……爺さんがさ、言ったんだよ。『自分の人生は100点満点中80点だった』ってさ。オレは爺さんに生き方を教えてもらった。その恩返しに爺さんがやり残した20点を埋めてやりたいんだ。生き方を教えてもらったから、生き様で返したい。それだけなんだ」

アドルフォスは「俺も同じだな」と呟く。

「俺もバル翁に貰ったモノを返したいから再生者を探している。バル翁の未練、その内の一つに再生者は入っている。バル翁は再生者を封じることを最後の使命だと言っていたからな」

「やっぱそうか。そうだよな……」

「あとバル翁に未練があるとすれば……そうだな、バル翁はよく呪いの里を気にしていた」

「シュラの故郷か？」

「呪いの里〈フルーフドルフ〉。そこに居る誰かを気にしていた。俺が思い当たるのはこれぐらいだな」

「さて」とアドルフォスは言葉を繋げる。

「俺はバル翁の跡を継いで再生者を捕まえる。お前はどうする？」

オレは頭を掻き、溜息をつきながら返答する。

「さすがに、あんな化物共の相手してられっかよ」

「……そうか」

「だけど、まぁ……」

　それが爺さんの未練だって言うのなら――

「目に付いたら片付けておいてやるよ。――暇つぶしにな」

「素直じゃないやつだな」

「アドルフォス、オレと一緒に旅しないか？　ボッチだろ、今」

　アドルフォスは首を横に振った。

「俺は1人じゃない、ずっとコイツらと一緒に居る」

　そう言って、アドルフォスは〝Ruth〟と刻まれた墓を撫でた。

「お前が俺の横に立てるぐらい強くなったら、喜んでパートナーになってやる。今はまだまだな」

「アンタの横か……何十年後になるかな」

「安心しろ。そう、遠い話じゃないさ」

　アドルフォスはオレの目をジッと見て、顔を伏せて自分の寝床へ歩いて行った。

　アドルフォスという男は不思議なオーラを持っていた。猛々しい存在感を放ちつつも、胸の内は静かで凪いでいる。どこか、爺さんに似ている。

　兄弟子ってわけじゃないが、オレにとってアドルフォスはそんな感じの存在になっていた。

　男子テントの前、そこにソナタとレイラとシュラが並んで座っていた。

「アンタも話は終わったようね」

「お前ら……こんな時間にどうしたんだ？」

「明日からの動きの打ち合わせだってさ。僕もさっき2人に起こされて……ふわーあ、眠い」

ソナタは目をこする。

「シール君、次の目的地はもちろん……」

「ああ。帝都〈アバランティア〉だ。爺さんの件にケリをつける」

「もちろん、僕も同行するよ。たまには帰らないとシンファに怒られるしね」

「シュラ、お前は……」

「行くに決まってるでしょ！　アドルフォスが呪解の方法知らないんだから、あとはバルハの家にしか希望はないわ」

「そうだな。うしっ、そんじゃ全員で帝都に行こう。朝7時に出発するぞ」

『了解！』

打ち合わせを終え、それぞれがテントで眠った。

◆

朝、目を覚ますとオレらは塔の下の地面に寝っ転がっていた。

起きて受付嬢に話を聞くと、

「アドルフォスさんが皆さんを運んできましたよ〜」

爺さんを貶めた相手に心当たりがないか聞きたかったけど、まぁいいか。この塔に居るんじゃ事件に関して大した情報は持って無さそうだしな。でも、

「一宿一飯の礼ぐらい言わせろって」

「そういうの苦手ですからね、あの人。だから何も言わずに運んだんだと思いますよー」

「あ、あの受付嬢さん。このピアス、アドルフォスさんに渡しておいてくれますか？」

レイラはピアスを1個、受付嬢に渡した。

「どうしてピアスなんか……」

「ただの保険。気にしなくていいよ」

ソナタとアシュが森でオレとレイラを待っている。

オレは塔の上をチラッと見て、2人の方へ歩いて行った。


——アドルフォス＝イーター。

爺さんのラストパートナー。

ここでアイツに会っていたことが、後々オレの人生を大きく左右することになる……。

第七十三話　アドルフォスの独白

雲を上から眺めながら、アドルフォスは去っていった旅人達を頭に浮かべる。

封印術師シール＝ゼッタ。

太陽神の呪い子シュラ＝サリバンとアシュ＝サリバン。

バルハ＝ゼッタの孫娘レイラ＝フライハイト。

騎士団の大隊長にして天敵の1人ソナタ＝キャンベル。

(面白い面子《めんつ》が集まってやがる。引き合わせたのはアンタの存在なんだろうな、バル翁……)

特にアドルフォスの頭に残るのは恩人の弟子の顔だった。

「シール＝ゼッタか……まさか、アンタが弟子を取るなんてな」

アドルフォスはバルハより聞かされていた。弟子を取る気はない、と。封印術は継がない、その代わりに自分の代で再生者を全て封じると――

結局、バルハ＝ゼッタは7体の再生者の内、4体を封じるのが限界だった。

残り3体はどうする気なのか……それを聞きに、アドルフォスはバルハに『来るな』と言われていたのにもかかわらず、ディストールの牢屋を訪れた。いや、本音は違う。アドルフォスはバルハを牢から解放するためにディストールを訪れた。

なのにバルハはアドルフォスの誘いを断った。

つい最近までアドルフォスはバルハの真意をわからずにいたが、シールを見て、アドルフォスはようやくバルハの真意を理解した。

『私は役目を果たせない』

ディストールの牢屋で、バルハはそう言った。

『ならその役目、誰が引き継ぐ？』

そんなアドルフォスの質問に対し、バルハはこう返した。

『誰も引き継ぐ必要はない』

アドルフォスは牢屋での会話を思い出し、天を見上げて微笑《ほほえ》んだ。

「アンタは継がせる気無かったみたいだが……」

――『だけど、まぁ……目に付いたら片付けておいてやるよ。――暇つぶしにな』

軽い口調で、そう言い放ったシールの目には強い覚悟が秘められていた。

「アイツは継ぐ気満々みたいだぞ……バル翁」

バルハ＝ゼッタがアドルフォスの誘いを断り、最後の時間を使って育成した弟子。

彼がこの先なにを想い、なにを成すのか。

アドルフォスは期待せずにはいられなかった。

第四章 ◆ 封印術師と巨人の戦士

第七十四話　朝食当番

〝雲竜万塔〟を越え、再び森林エリアに入ったところでオレ達は一度朝食をとることにした。

「さてと、なに作るかな……」

メニューを考えていると、レイラがツンツンと肩を突《つっ》いて来た。

「シール君。わたしが作ろうか？」

「ダメ」

「どうして？」

パーティが全滅するからだよ！　なんて言えないしな……。

「ジャンケンで決めよう。負けた奴が料理する。それでどうだ？」

「これからは全部わたしが作るから大丈――」

「料理当番が固定だと味に飽きちまうだろ。アシュ、ソナタ。お前ら料理はできるか？」

ソナタは頷いた。

「できるよー、簡単な物ならね」

アシュは首を横に振った。

「……ま、お前は見るからに出来なそうだもんな」

「シール。それはちょっと失礼。もやし料理なら作れる」

胸を張ってアシュは言う。どっちみちもやしは無いから戦力外だ。

シュラは――味覚が無いから無理だな。

となると、オレとソナタと……レイラか。

3分の2、確率はこっちに分がある。

オレ達3人は拳を前に出した。

「頼む敗北の神様……！　オレに力を――」

絶対に勝っちゃいけない勝負がそこにある。

「会長、必死だね～」

「ほら早く始めるよ。じゃんけん……」

ポイ、とオレが出したチョキは2人が出したパーを切り裂いた。

「僕とレイラちゃんの負けだね」

「ソナタ、お前絶対負けろよ！」

「会長……そんなに僕の手料理が食べたいのかい？」

この野郎は事の重大さを理解していない。

トイレも何もないこの土地で、腹を下《くだ》したらどれだけえげつないことになるか……。

『じゃんけん……』

ポイ、とソナタはグーを出した。

目を細めながらレイラの手を見る。レイラは——パーを出していた。

「あ、勝っちゃった」

「そうか。レイラの手料理食べたかったけど、残念だな……」

「僕が朝食の当番だね〜早速取り掛かるよ」

なんとか腹の平穏は保たれたようだ。

そんなこんなで朝食はソナタの手腕に任せることになった。コイツはコイツで心配だけど、レイラより酷いことにはなるまい。

◆

レイラ宅の物置には調理道具も置いてあるらしい。

ソナタはレイラから鍋を受け取った。

「なにを作るんだ?」

「白身魚を叩いて、こねて、お団子にして、森で採れた香辛野菜で味付けしたスープに入れようかなって思ってる」

　良かった。ちゃんとした料理を作れそうだ。

「悪いけど枯れ木を拾ってきてくれるかい？」

「了解」

　枯れ木か。

　レイラかアシュに手伝ってもらおうと周囲を確認する。

　レイラがいつの間にかいなくなっている。アシュに手伝ってもらうか。

「アシュ、手伝ってくれ」

　声を掛けると、眠たげな目を擦《こす》りながらアシュは頷いた。

　アシュを連れて枯れ木を探しに木々の間を歩く。

「昨日、アドルフォスとなにを話してたんだ？」

　枯れ木を拾いながら、オレはアシュに聞く。

　昨夜。シュラ、レイラ、ソナタはそれぞれ順番にアドルフォスと会話した。シュラはきっと呪いについてアドルフォスに聞いたのだろう。結果、アドルフォスがどう答えたか気になる所だ。

　アシュが言うにはアドルフォスはまず、シュラにこう言ったそうだ。

『お前が一番欲しい言葉をくれてやる』

　アドルフォスは続けて言う。

『呪いを解く方法は――存在する、らしい。バル翁は何かを摑んでいた。詳細は知らないがな』

ずっと呪いは解けない、解く方法が無いと言われてきたこの姉妹にとって、アドルフォスの言葉はまさに一番欲しい言葉だっただろう。

「オレ達の夢が叶うのも、そう遠くないかもしれないな」

「夢？」

「カラス港で言っただろ。3人でミートパイを食べようってな」

アシュは緑色の瞳でオレを見上げ、ほんの少し笑った。

「シール、知ってる？　お姉ちゃんね……最近、陰に居る時間が多くなったんだよ。暇な時は陰に居るようになった」

「お前にとっては迷惑な話だな」

ただでさえアシュは活動時間が短いってのに、シュラが意識して陰に居れば余計にアシュの活動時間は短くなる。そういや、確かにシュラが表に居る時間が増えている気がする。今度注意しておくか。

「ううん、これでいいの」

とアシュは首を横に振る。

「昔は逆だったから。すぐに私と替わって、外に出たがらなかった。――シールと会ってからだよ。お姉ちゃんが陰に入るようになったのは」

「照れる話だな……」

「シールは初めて私達の夢を肯定してくれた人だから、特別なんだよ。私にとっても、お姉ちゃんにとっても」

呪解。それは常識上不可能だという。呪いは解けないモノだと誰もが思っている。

この姉妹は夢を口にする度、笑われたり、非難されたりしたんだろうな。

「シール、約束してほしいの。お姉ちゃんは弱いから……シールが守ってあげて。シールが命懸けで守ってあげて」

「シュラが弱い？　お前、今までなにを見てきたんだ。アイツは強いぞ」

祝福で強化された嗅覚、
祝福で強化された赤魔、
白魔による再生術。

メンタル面でもアイツが萎えているところは見たことが無い。

頼りになる奴だとオレは思っている。

「お姉ちゃんは……弱いよ。私じゃお姉ちゃんは守れないからシールに任せる」

アシュは強く発音して、枯れ木採集を再開した。

アシュが言っていることは正直ピンと来なかった。言っちゃなんだがシュラはアシュより強い。

どっちかって言うと守ってあげないといけないのはアシュの方だ。

「心配しなくてもオレは命懸けで守るよ。シュラも――お前もな」

アシュは驚いたような顔をする。

「その代わり、オレのことも守ってくれよ。……オレ弱いから」

現在シール＝ゼッタは泥帝戦で己の弱さを実感し、自己評価が低くなっているのだ。

「シール……最後ので台無し。でも、うん。わかった」

呪いを解くこと。それはつまり、呪いが形を持った存在である再生者を殺すことにも繋がる。

この姉妹の夢を叶えることができたなら、封印以外の方法で奴らを排除できる可能性が生まれる。

「……他人事じゃないんだよなぁ」

それにしても、さっきから拾う木拾う木全部湿ってやがる。

「この辺の木は湿ってるな……もうちょい場所を変えよう」

森の奥へ進んでいく。すると向かい側から銀髪の少女が歩いて来た。

「レイラ？」

「えっ!?　シール君!?」

「なにをそんなに驚いてるんだ？」

レイラはリンゴか、ってぐらい顔を赤くして目を逸らした。

レイラの顔には焦りがある。間違いない、なにか隠し事をしている。

だが紳士たるオレは女子の秘密を暴こうとはしない。ここはスルーして真っすぐ奥へ進もう――

と、足を進めるとレイラが服の裾を摑んできた。

「――ダメ」

「は？」

レイラは声を震わせて、もう一度「ダメ」と言ってくる。

「枯れ木を集めてるんだ。邪魔しないでくれ」

「そっちは……ダメ」

「どうして？」

「それは……」

レイラの手にはハンカチがある。手には水滴……川で手を洗って来たのか？

飯の前だから……じゃないな。

レイラは下唇を嚙み、視線をオレと合わせようとしない。これは恥じらっている表情だ。

加えてオレには言えないようなこと――

全ての情報を統合し、紳士たるオレは答えを導き出す。

「あぁ、わかったぞ！　お前、この先でウン――ごはぁ!?」

腹部に突き刺さる流纏の掌底（加減あり）。

たまらずうずくまり、枯れ木を腕から落とす。

「――ここから先に行ったら、こ、殺すからね……！」

そんな物騒な言葉を残してレイラは去っていった。

柔らかい手がオレの背中をさする。

「シール、デリカシー大事」

「……そうだな」

第七十五話　奴隷商人

朝食を終え、再び帝都へ向けて歩を刻み始める。

「吟遊詩人、お前も帝都まで来るのか？」

「うん。そろそろ本部に顔出しておかないとね……召集命令2回も無視したから、騎士団長様カンカンだろうなー。シンファにも怒られるかなー」

あっはっは、と笑うソナタにシュラは冷たい視線を向ける。

「今更だけどさ、アンタ本当に騎士なの？　どっちかって言うと捕まる側にしか見えないんだけど」

「そんなこと言っちゃ失礼だよシュラちゃん！　ソナタさんは騎士団の中でも1、2を争う緑魔使《りょくま》いで、親衛隊のシンファ隊士と共に〝深緑《しんりょく》〟の称号を持ってる凄い人なんだよ！」

「いいよ！　もっと褒めてレイラちゃん!!」

「はしゃぐなオッサン。鬱陶《うっとう》しい」

土を蹴り、藪を払って森を進む。

特に問題なく進んでいる。が、景色が変わらないから退屈だ。

「なーんか面白いモノないか？」

「アンタ、さっきも同じこと言ってたわよ」

シュラが呆れたように言う。

「だって、ただの森だぞ。昨日通って来た森と代わり映えしないただの森だ。木に顔が生えたり、枝が触手みたいに動いたりしねぇかなぁ……」

右を歩くレイラがふわっと耳をなぞるように髪をかきあげる。

「——シール君！　滝の音だよ！」

「やっとか……」

滝エリアの景色は飽きないからな。ようやく、この退屈な森を抜けられる。

「なんだかんだ結構時間かかったな」

「シール、待ちなさい」

シュラの右腕が行方を阻む。

「どうした？」

「凄い数の人間の匂いがするわ。それも血腥《ちなまぐさ》い」

「副会長じゃなくても、僕の鼻でも匂ってくるよ」

雑多な足音が聞こえる。

オレ達は滝の見える位置で木影に隠れる。すると滝の陰から人相の悪い人間の群れが現れた。

首を右に左に右往左往。なにかを探している様子だ。

「隠れてても仕方ない。別にやましいことしてるわけじゃないんだ。堂々と通り過ぎようぜ」

木影から出て、滝と滝の間の石の道を歩く。

オレに続いて3人がついて来る。

「――待て」

と、群れの先頭の女が正面から呼び止めて来た。

体中に紫色の刺青《いれずみ》を入れた女性だ。スタイル抜群で、恰好も布地が少なくエロい。

ただシュラの言う通り匂いが最悪で、血と下水と香水が混ざったような気持ち悪い匂いが鼻を通り過ぎて脳を貫いてきやがる。

「アンタら、この辺りで女の巨人を見なかったかい？」

「見てねぇよ」

「本当だろうね？　ありゃアタシ達の獲物だ、手を出したら承知しないよ。見たらすぐに知らせな。わかったね？」

なんだこの女、偉そうにしやがって。

「女の巨人――ねぇ」

ソナタがオレの陰から出て、前に足を進める。

「おかしな話だね。巨人はガルシア大陸に足を踏み入れちゃいけない、そういう条約のはずだよ」

「知ってるさ。だが来たんだよ、条約を破って女の巨人が」

「君達……騎士団じゃないよね？　どうして女巨人を追ってるんだい？」

「決まってんだろ、売るためさ。アタシ達は奴隷商売専門のギルドだからね……」

奴隷か。

ディストールやマザーパンクには居なかったけど、この大陸では別に奴隷は禁止されていない。

無論、奴隷の売買も不法ではない。

「女巨人は高く売れる。なんせこの大陸じゃ手に入らないからね。加えて奴らはこの地じゃ人権が無い、捕まえちまえばアタシらの自由だ」

「ちょっと待ってください！」

レイラが納得いかない、という顔で口を出す。

「人権が無いからって寄ってたかって女性を追い詰めているのですか？　巨人の方になにか事情があるのかもしれません、然るべき機関を通して話を聞くべきです！　拉致まがいのことをするなんて間違っています！」

レイラの主張を、ギルドの連中は何一つ聞いていなかった。

奴らの視線はレイラの目ではなく、彼女の顔や胸、腰回りに集中していた。

——気にいらない視線だ。

「お嬢ちゃん、中々良い体してるね」

「……！」

レイラも下衆な視線に気づき、顔を赤くして正面の女性を睨んだ。

「どうだい？　奴隷とまでは言わない、ウチの契約先にはそういう店もある。嬢ちゃんぐらいの容姿なら、すぐトップに――」

「……ルッタ」

札から短剣を弾き出し、逆手に構えて女の喉元に添える。

「――発言には気を付けろよ下衆」

爺さんの孫娘に――

「舐めた口利くな……！」

「ほう、中々の殺気じゃないか……アンタ、よく見ると結構いい男じゃないさ」

女は背中の大剣に手を添える。

「やる気かい？　この数を相手に……」

「雑魚の群れを恐れる必要がどこにある？　やっちまえソナタ！」

「そこは他人任せなんだね～、別に構わないけどさ。――会長からの御指名だ。全力でいかせてもらうよ」

戦闘態勢に入る武装集団。

対応して構えるシュラ、レイラ、ソナタ。

一触即発の空気を、1人の男が切り裂く。

「――そこまでにしておけ、諸君」

高慢そうな男の声。声だけで他人を見下しているとわかる、嫌な発声の仕方だ。

コツン、コツン、とブーツの足音が近づいてくる。野蛮そうな顔ぶれが左右に散り、中央に七三分けの男が現れた。

貴族がダンスパーティーに着ていきそうな、胸元にフリルの付いたスーツ。長く白い靴下。恰好から何まで鬱陶しい存在感を出している。

「争いごとを私は好まない」

「誰だテメェ――」

「待ちたまえ！　話の前にランチの時間だ！」

貴族風の男は手を叩く。すると奴の背後から首輪を付けたオレより少し年下ぐらいの女子と同じく首輪を付けた筋肉質の髭を生やした男が現れた。女子は椅子を持っており、男は円卓を抱えている。2人共見るからに奴隷だ。

ガチャガチャと音を立てながら、彼らは机と椅子を設置。円卓に白い布を被せ、椅子を引いて貴族風の男を座らせる。運ばれてくるワイングラス、料理の載った皿。

貴族風の男はフォークとナイフを巧みに使い、こんな自然のど真ん中で優雅に食事を始めた。

「すまないね。タイムスケジュールはきちんと守らないと気分が悪くなる性質《タチ》なんだ。ランチは確実に12時に食べ始め、12時45分には食べ終わるようにしている。1分1秒ずらしたくないんだ」

だからってテーブルまで用意するか？　普通。

コイツのこの感じ……誰かに似てるな。誰だろう。この傲岸不遜で自分勝手で殴りやすそうな顔をしていて、どんな場所でも構わず椅子に座るウザったい奴……どっかの誰かに似ている。

「食事をしながらで失礼するよ。交渉を始めよう。合理的に、簡潔に、優雅にね」

奴隷商は一度フォークを止め、オレの眼を見た。

「まず、君の名前を聞いてもいいかな？」

「断る」

腕を組み、突き放すように言う。

奴隷商は表情を崩しかけるが、すぐにビジネススマイルを浮かべて仕切り直す。

「君達は見るからにやり手だ。手を貸してくれると――」

「断る」

「もちろんタダではない。君達が巨人を見つけた暁には……」

「断る」

目の前の奴隷商が言葉を言い切る前に遮っていく。

「合理的に行動したまえ」

怒気を孕んだ声で奴隷商は言う。

「君達が巨人を発見し、我々に居場所を教えてくれれば５０００ｏｕｒｏ、捕縛して引き渡してくれればその10倍の金をやろう。たとえ発見できなくてもなにかを求めたりはしない。受けることになにひとつリスクは――」

「断る」

「君は……私の話を聞く気があるのか？」

「ないってわからないか？」

奴隷商と一歩も引かずに睨み合う。

「――もう一度言う、合理的に行動したまえ」

またもや威圧的な言い方。

オレは半分呆れ気味に言葉を返す。

「金を稼ぐために最善を尽くすのがお前の『合理的な行動』なんだろう。残念だったな、オレにとっての『合理的な行動』ってのは自分が楽しむために最善を尽くすことなんだ。どんな報酬ぶら下げられようが、お前らのようなつまらん連中に付き合うのは――合理的じゃねぇんだよ」

「後悔するぞ」

「しねぇよ、絶対」

一瞥《いちべつ》もせず、オレは奴隷商の横を通り過ぎる。

「シール君」

レイラが、なにやら照れた様子でオレを見上げていた。

「ありがとね。さっき庇ってくれて」

「ああ、気にするな。お前は爺さんの孫娘だから、是が非でも守らないと……」

「……。」

レイラは微妙な顔をする。

「わたしがバルハ＝ゼッタの孫娘だから、庇ってくれたの？」

「そうなるかな。まぁ、オレが守らなくてもお前なら1人でも大丈夫だとは思うけどな」

数秒の沈黙。後ろからソナタとシュラの「やれやれ」という声が聞こえた。

レイラはニコッと、どこか怖い笑顔で、

「ありがとね！」

「お、おう……」

なぜだろう、全然感謝されている気がしない。

◆

渓谷の出口、狭い岩場でオレらは休憩する。

「それにしても、なんだったんだアイツら？　腹立つぜ」

「同感だよ。あの人間を値踏みするいやらしい目線……気に入らないね」

「アンタ騎士でしょ！　あんなの見逃していいの⁉」

「別に奴隷売買は不法じゃ無いからねー」

ディストールに居る時は気づかなかったけど、中々に腐ってるな……この国は。

「巨人がこの大陸に足を踏み入れちゃいけないってのは初耳だったな」

「巨人と僕ら中人《ちゅうじん》はこれまで何度も共存しようとしたんだけど、全部失敗に終わってね。体格の違いから価値観も何もかも大きく異なるから海で境界を作って、互いに干渉しないようにしたんだよ。逆に僕らがあっちの大陸に入ると同じような扱いを受けるよ」

小人、中人、巨人、獣人。

人類全てが仲良くするのは無理か。それなら、割り切って住む場所を分けるのも悪くない手かな。

「まだ巨人と中人が同じ大陸に暮らしていたころ、巨人が誤って中人を踏みつぶす事件が多発したって聞くわ。種族的に、絶対相容れない存在なのよ」

「シーダスト島に居た髭巨人《トロール》は巨人とはまた別なのか？」

「髭巨人は巨人の死体を苔悪魔《モスデーモン》が乗っ取った姿よ。でもシーダスト島のアレは明らかにサイズが大きかったわ。人魔になった影響ね。本来の巨人はアレの3分の1ぐらいの大きさよ」

「シュラちゃん、巨人見たことあるの？」

「一度だけ巨人の乗った船とすれ違ったことがある。その時にチラッと見たのよ」

博識な奴が多くて助かる。疑問がすぐに解決してくれる。

「……。」

「気になるのか？　ソナタ」

「まぁ、ね。騎士団として、巨人の大陸侵入はちょっと問題だ」

「動くのか？」

「さすがに、1人で動くのは難しいかな」

全員、さっきの連中のことが気になっている様子だ。

それでも誰も『女巨人を探そう』とは言いださない。当然だ、オレ達にとってこの一件に首を突っ込むことは何の利益も無い。集団として動く中で、善意や正義感で勝手に行動を起こすのはワガママというものだ。このパーティの共通の目的は帝都、そこ以外にはない。

だけど――

「アイツらが女巨人を見つけて奴隷にして、儲けて万々歳……ってのは面白くないな」

ボソッと、風の音で消えるぐらいの大きさの声でオレは言った。なのに、仲間全員がオレの方を向いた。

「シール君、君がそこまで言うなら止めないよ」

「え？」

「やれやれ、会長はお人よしなんだから」

「は？」

「仕方ないわね……アンタに付き合ってあげるわ。女巨人、探すわよ！」

「お前ら……誰かが言い出すの待ってやがったな」

　これが言葉狩りというやつか。

『やれやれ仕方ない』という空気を放ちながら、仲間３人は肩を竦《すく》める。

　どこか納得いかないが、まぁいいか……。

「そんじゃま、巨人探しと行こうか！」

『おー!!』

第七十六話　巨人の洞窟

巨人を探すのは簡単なはずだ。

足跡を探せばいい。巨大な人の足跡を。なのになぜ、奴隷商は探すのに手間取っていたのか。

「足跡は魔術かなにかで消してると見ていいね」

とソナタは言う。

「帝都の方面に居る可能性は低いと思うな。人に見られたら足が付くから」

とレイラは言う。

レイラの意見通りなら場所は限られてくるな。オレらが居た渓谷、もしくは火山か、渓谷と火山の間の狭間道。あとはこの岩石地帯か。

「別の大陸から来たってことは海の方から来たんだろ」

「火山のさらに東にある海だろうね」

「なら、その辺りに居るんじゃないか？」

「海の付近をさっきのギルドの面々が探していないはずがない。火山、狭間道と順々に探して、次に渓谷に探しに入ったところで僕らと鉢合わせした、と考えていいと思うよ」

東側に居る可能性はほとんどないか。

「なら渓谷か、それともさらに西か……」

「渓谷もないわよ。居たら匂いで気づく。アイツらの体についていた赤い染み、アレ多分巨人の血でしょ？　あの血の匂いと同じ血の匂いは渓谷を歩いていても匂わなかったわ」

「よーし、西に行くぞ。シュラ、なるべく陰に居てくれ。お前の鼻が頼りだ」

「任せなさい！」

行き先を北から西へ、帝都から女巨人が居るらしき山に変更する。

暫《しばら》く歩いて行くと森へ行きついた。そこまで大きな森ではなく、すぐに抜けることができた。森を抜けた所でシュラの鼻がなにかを察知した。

「血の匂いよ……」

「巨人か？」

「多分ね。匂いを追ってみるわ」

シュラの案内に従い、岩壁に沿って歩いて行く。

シュラが次に立ち止まったのは洞窟の前だった。

「この洞窟の中から匂いがするわ。ここが当たりね」

「シュラちゃん偉い！」

「なんか……変な雰囲気だな」

ソナタは洞窟の中を観察し、「うん」と頷いた。

「中に苔一つ見つからない、生物の影もない。これはつい最近作られたものだね。それも人工的に」

「シール君、ひょっとしてだけど巨人が手で掘って作った洞窟なんじゃないかな？」

「可能性はあるな。岩の魔術かなんかで中を整えながら掘っていけば不可能じゃない。新造の洞窟なら安定していないはずだ。洞窟が崩れないよう気を付けながら進むぞ」

レイラは指先に火を形成する。レイラの火を頼りに洞窟を進んでいく。

洞窟は進むとどんどん広がっていった。入り口から歩いて1分もかからず、オレ達は目的に辿り着いた。

「……。」

顔に刺青の入った女性の巨人。身長は10mぐらいか。

片膝を立て、ぐったりと壁に背を預けて座っている。巨人の右手側には赤の錬魔石が埋め込まれた巨大な剣、左手側には赤の錬魔石が埋め込まれた巨大な盾が置いてある。

胸と腰のみ隠した服装。見える肌のあちらこちらには痛々しい生傷が刻まれている。

「ついに、ここも見つかったか……」

女巨人は諦めたようにそう呟いたのだった。

女巨人は右手に剣を持ち、立ち上がった。

女巨人は剣を振り下ろす。剣の進む先はオレの立っている場所だ。

「シール!? なにしているの! 動きなさい!!」

「シール君!!」

腰に手をつき、その場にとどまる。

巨人の剣はオレに当たる寸前で停止した。

「……なぜ避けない?」

「当たらないからさ。お前、奴隷商と交戦して怪我を負ったんだろう。なのに、お前の剣にも盾にも血が付いていない。どれだけ傷つけられても手を出さなかった証拠だ」

「お前らは、私を追って来たのではないのか?」

「追っては来たが敵じゃない。剣を置いてくれ」

穏やかな声色で言う。相手の警戒心を鎮めるため、両手を開いてみせる。

女巨人は肩から力を抜き、剣を置いて再び腰を地面につけた。

「まずは事情を聞かせてもらえないかな?」

ソナタがいつもの軽い口調じゃなく、騎士団大隊長として威厳の籠った声で聞く。

「――薬を……買いに来た。妹が病《やまい》にかかったんだ。その病を治す薬は私の住んでいる大陸では手に入らなかった。だから、この大陸に来た」

腕を組み、オレは聞く。

「病の名前は？」

「シルフ病だ」

「ソナタ先生、解説どうぞ」

「シルフ病はシルフの腐った死体から感染する病だね。病にかかると体の節々から風化していき、最後は全身が腐って散りゆく。ガルシアじゃ簡単に手に入る〝ナラフ草〟から薬は作れる。薬の名前はそのまま〝ナラフ薬〟さ」

「じゃあお前はそのナラフ薬が欲しくてここまで来たのか」

「そうだ」

「でもナラフ薬は大陸間でトレードされてるはずだよ。そっちの大陸でも売っているはずだ」

「高すぎて私では到底買えん。現地なら200分の1の値段で買えると聞いた」

海一つ挟むだけで物品の価値は大きく変動する。

女巨人の話に嘘はないだろう。

「……甘く考えていた。まさか、ガルシアの民にとって巨人がここまで恐ろしい存在だとは。言葉すら交わすことなく、武器を構えられるとは思わなかった……」

「擁護はできないね。君の言う通り認識が甘すぎる。君に武器を振るった人達に罪はないよ。法を破ったのは君だ」

厳しい口振りで、一切の容赦なくソナタは言葉を並べていく。

「……騎士団大隊長として見過ごすわけにはいかない。捕縛して、帝都に連行する。然るべき罰を受けてもらうよ。奴隷商に捕まるよりは断然マシな扱いをされるはずだ」

「待ってくれ！　それでは妹に薬を届けることが――」

ソナタは右腕の袖をまくり、魔力を体から放出する。

「――ッ!!」

女巨人は目を丸くする。

緑色のオーラが洞窟内に満ちる。

ソナタが威圧で放った緑魔は女巨人の戦意を容易《たやす》く折った。

女巨人は諦め、目を伏せる――

「やめろソナタ」

オレはソナタの右腕を左手で掴んだ。

ソナタは魔力の放出を止めて、横目でオレを見る。

「……ごめんね会長。さすがに、ここは引けないよ」

「騎士団大隊長様だからか？　お前、自分の本職がどっちなのか忘れたのかよ」

――『本職は吟遊詩人！　副職が騎士団さ！』

シーダスト島でソナタはそう言っていた。ソナタも今のオレの発言で思い出している事だろう。

「吟遊詩人ってのは歌で皆を笑顔にするんだろ。無抵抗な女を痛めつけて、連れて行くのが仕事じゃないはずだ」

ソナタは愉快気に笑って隊列の一番後方まで下がった。

「やれやれ……君は本当にお人よしだよ。ここで君の反感を買うのは得策じゃないね」

オレは全員の顔を見て、不満そうな表情をする奴が1人も居ないことを確認する。

「アンタ、名前はなんだ？」

「〝バリューダ＝アリエスト〟だ」

「――バリューダ。〝ナラフ薬〟はオレ達が買ってくる。お前はここで待っていてくれ」

バリューダは大きな瞳をパチクリさせる。

「私の……手助けをしてくれるのか？」

「ああ。そう聞こえなかったか？」

――バリューダは顔を歪めずに、涙を流した。

この地に来てからロクに話も聞いてもらえずに、迫害されてきたのだろう。

はじめて、まともに話をすることができたのだろう。

彼女はこの洞窟内で、多分、命を落とすことを覚悟していた。

ゆえに、突然現れた希望に涙を流さずにはいられなかったのだろう……。

「私からも聞かせてくれ。お前は何者だ？」

一切躊躇《ためら》わず、オレは答える。

「シール＝ゼッタ。——封印術師だ」

第七十七話　分担

てなわけで、オレ達は女巨人バリューダの手助けをすることに決めた。

とりあえずやるべきは薬の確保、だがこれに関してはそこまで難しいことじゃない。

「帝都まで行って買ってくるだけだろ？」

「待ってシール君。ここからなら帝都よりも〈カルラ村〉の方が近いよ」

レイラが言うにはこの洞窟と帝都の間に小さな村があるそうだ。

ソナタがレイラの言葉に補足する。

「カルラ村にもナラフ薬は売ってるはずだよ。巨人に使うなら、瓶で30本ぐらいの量は欲しいかな」

「りょーかい。バリューダ、薬代くれ」

バリューダは「わかった」と腰布に手を突っ込み、錆が見える金貨を取り出した。

「……おいおい」

金貨はバリューダの手には収まるがオレの手には収まらないサイズだ。デカい。間違いなくこっちの大陸で使える金じゃない。

「バリューダ、全部の大陸でその金貨が使えると思ってるのか？」

「使えないのか？」

「――はぁ、仕方ない。ソナタが金を出すしかねぇな」

「うん、そうだね……って、えぇ!?　僕が出すのかい!?　こっちの大陸でも全部で9万ｏｕｒｏはするんだよ!?」

あっちの大陸で買うなら単純計算で１８００万ｏｕｒｏか。それは買えないわけだ。

「ソナタさん、なんとかできませんか？」

「可哀そうだとは思わないわけ？」

女子2人の援護がソナタに刺さる。

「ぐっ!?　なんで反対派の僕が……はぁ、仕方ないなぁ、もう」

「す、すまない……」

「気にすんな」

「会長は気にしてよ？」

「つーか……お前の金貨濡れてないか？」

よく見ると、金貨だけじゃなくバリューダの体には至る所に水滴が付いている。

「海を泳いでこの大陸に来たんだ。だから濡れている」

「めちゃくちゃだな……」

行っちゃダメな大陸に向けて船を出すわけもない。

だからと言って、泳いで海を渡るのはバカだな。バリューダは少し天然っぽいところがある。

「シュラ、お前は白魔術でバリューダの傷を治してやってくれ。ソナタは洞窟の入り口で念のため見張りを頼む。さっきの奴隷商がここを見つけるかもしれない。外敵は排除してくれ。レイラ、お前はオレと一緒に村に行ってもらう」

「わかったわ！」

「仰せのままに」

「うん、了解！」

「よし、じゃあ動くぞ」

オレはレイラと一緒に洞窟を出て、森を越え〈カルラ村〉に足を運んだ。

〈カルラ村〉は特に目を引く物はない農村だった。

本当に店があるのか？　と不安だったが、村の中心の円形の広場には露店が並んでいた。

「へいらっしゃい。どの薬をお求めで？」

「ナラフ薬を30本頼む」

「大量だな……わかった、ちょっと待ってろ」

待つこと数分。

「ほい！　ナラフ薬30本！　お代は８５０００ｏｕｒｏだ」

「ありがとう」

木箱に詰められた30本の瓶。

オレは紙幣を店のテーブルに置き、木箱を両手で受け取る。

「予想より５０００ｏｕｒｏ安く手に入ったね」

「この５０００ｏｕｒｏ……ソナタに黙っておけば懐に入れてもバレないんじゃ」

「シール君、そういうのはダメだよ！」

「冗談だよ」

瓶の入った木箱を持って村を歩いて行く。

途中、レイラの提案で大樽を買うことにした。瓶のまま運ぶのは瓶が割れる恐れがあって怖いからだ。

樽を買い、そこに薬を全部ぶっこんで運んでいく。

村から出て野原を少し歩き、森を抜ければ例の洞窟だ。

「問題なく終わりそうだな」

「油断大敵だよ」

野原に足を踏みいれ、森に向かって歩く。

寄り道しなければ30分くらいで着く。寄り道をしなければな。

「待ちたまえ」

まだ森に入る前、野原の上でウザったい声が呼び止めて来た。聞き覚えのある声だ。

これからオレは、この声の主と対話するのだろうが結論は見えていた。……オレは間違いなく、この声の主と喧嘩する。

「その薬、どこへ運ぶ？」

「どうして薬だと？」

「君達が薬屋で薬を買う姿を見たからな」

後ろを見ると、七三分け奴隷商とその仲間3人と首輪を付けた男女の奴隷2人が居た。

「巨人が『薬を買いに来ただけだ』と叫んで逃げる姿を部下が見ている。その樽に入った薬は巨人に頼まれたものではないのか？」

「そうだ」

「シール君!?」

あっさりと認める。

服の袖をレイラが引っ張ってくる。

「……なんでバラしちゃうの!?」

「どうせバレてるよ」

さっき、ぱっと見60は居た他のメンバーが見当たらない……潜伏先、あの洞窟に差し向けているのだろう。なんらかの方法で尾行でもされたかな。

コイツらの狙いは薬で間違いない。薬が巨人《バリューダ》に渡るとそのまま海に逃げ込まれる可能性があるからな。最悪仲間がバリューダを捕獲するまで足止めできればいいという考えか。

「その薬を手に入れれば巨人は海を渡ってしまう。君達をここから先に行かせるわけにはいかない」

「まぁそうなるよな」

「寄越せ、我々に薬を……」

レイラに樽を渡す。

屈伸して、手首のストレッチをして、レイラに指示を出す。

「走れレイラ。薬を届けろ。ソナタが守りに入っている以上、薬さえ洞窟に届けりゃ勝ちだ」

「シール君は？」

「オレはコイツらを足止めする。早く行け！」

「……わかった。きつかったら、1人2人は見逃していいからね！」

レイラは樽を持ち、赤魔を纏って森へ向かって飛び出す。

レイラを追って動き出す3人の奴隷商人。

「……通さねぇよ」

前に出て、まず弱そうな男2人を殴打で気絶させる。これで奴隷含め残り4人。親玉は動かない、奴隷2人も動かない。アイツらは後回し、レイラの背中を追う刺青大剣女に的を絞る。

「――はっははあ！　拳でアタシとやる気かい？」

大剣女は目に見えるレベルの赤魔を纏った。

――完全に侮った。

オレが出した右の拳を女は頭突きで受ける。

「つっ!?」

右手が痺れる――！

大剣女の左拳が腹に突き刺さり、オレの体を容易く空へ殴り飛ばした。

「ごほっ！」

大剣女は追撃はせず、レイラの後ろを追っていった。

立ち上がり、大剣女の背中を追おうとして足を止める。背後で三つの魔力が蠢《うごめ》いたからだ。

七三分け奴隷商。

オレよりも若い少女奴隷。

筋骨隆々のおっさん奴隷。

3人がオレに視線を集め、決して小さくない魔力を立ち昇らせていた。

「奴隷も魔術師か……！」

「さぁ行け。№０２１！　０６６！　あと2分以内に奴を仕留めろ。3時のおやつに間に合うようにな……！」

おっさん奴隷は赤魔を纏い、少女奴隷は緑魔の光を周囲に漂わせた。

奴隷商は形成の魔力から白い煙を形成し、煙で鳥の形を作って自分の周囲に舞わせる。

「煙の形成魔術……！」

無視できる相手じゃなさそうだ。

「悪いなレイラ、大剣女は任せたぞ……」

「舞え！《カプノス・ヒエラクス》!!」

見るからに、それぞれの魔力はオレより低い。

それでも1対3。どれも侮れない魔力量……面倒だな。

〝月〟の札を握り、奴らと相対する。

飛来する7匹の煙鷹。

煙鷹を陽動におっさん奴隷が右から回り込んでくる。

できることなら奴隷2人は傷つけたくない。狙うは1人――

「――〝偃月〟ッ！」

偃月、ブーメランを展開。

両手に持ち、投げずにそのまま振って使う。煙鷹をブーメランで迎撃し、おっさん奴隷の攻撃に備える。

　おっさん奴隷から振るわれる拳。オレはブーメランを手放し、右手でおっさん奴隷の右拳を受け止めた。

「……？」

　――軽い。

「逃げるんだ……」

　小声で、おっさん奴隷は言う。奴隷商に聞こえないように。

　涙に濡れた瞳で。

「もう、私は……誰かを傷つけたくない……」

「おっさん、アンタ……」

　おっさん奴隷はオレの両脇を抱き上げ、思い切りスイングして投げ飛ばした。

　一見は攻撃、だが真意はオレを遠くに投げ飛ばすことで逃げさせる算段なんだろう。オレは空中で縦に一回転し、地面に両足をつけて着地する。

「――なにをしている０２１!!」

　白煙がおっさん奴隷の鼻と口を塞いだ。

「うっ、がはっ!?」

「……逃げられたらどうするつもりだ？　そいつはいざという時、人質として使うのだ。次同じような真似をすれば……また調教からやり直すぞ」

『調教』

その単語を聞いた瞬間、奴隷2人の顔が青ざめた。

少女奴隷は動揺し、体をガタガタと震わせ、「いやだ……いやだ……」と汗を垂らしている。恐怖に歪んだ表情だ。

少女奴隷は両手を地につける。

「逃げないで……逃げないで!!」

氷が地面を伝ってオレに向けて広がっていく。

あの少女奴隷は氷魔術が得意なのか。

「——こんな胸糞悪い戦いは久々だな」

頭に血が上っていく。

面白くないな……あの野郎。屍帝戦を思い出させやがる。

高く飛び上がって氷を避け、

〝月〟の札を手に取り、呪文を唱える。

「封印《クローズ》」

地に転がった偃月を札に封印、

「解封《オープン》」

偃月を解封。手に取り、魔力を込める。

——チャージ2。

「飛べ!!」

空中で偃月を縦回転で発射。

偃月は少女奴隷に向かって飛んでいく。

「ひっ!?」

偃月にビビり、魔術を解く少女奴隷。

その隙に着地し、前へ走る。

偃月は少女奴隷の目前で軌道変更、奴隷商に向かって伸びていく。

「私が狙いか!?　——ちっ!!」

突然の軌道変更に対応できず、奴隷商は両腕をクロスさせ偃月を受ける。

偃月は両腕に弾かれるが奴隷商の服を破り、腕に擦り傷を与えた。弾かれた偃月は山なりに飛び、奴隷商の遥か後方に転がる。

「すまないっ!」

おっさん奴隷が立ちふさがる。

「ルッ——」

ルッタ、短剣を解封しようとして——やめた。おっさん奴隷の目が苦しそうだったから気が引けた。屍帝の時と状況は似ているが屍帝の時と違い、相手は生きている人間。それも善人……否応なく殺意は鈍る。

振るわれる拳、今度は加減はない。

威力は低いが速い左拳と、一撃が重いが遅い右拳。鮮やかな両手のコンビネーションを繰り出して来る。

赤魔の量はオレがかなり勝っている。接近戦のスキルで負けていても躱すのは容易だ。

「謝るのはオレの方だ」

右手を引く。

流纏は使えないが、形だけでも真似させてもらうぜ。レイラ……！

「ちょっと痛いだろうが我慢しろよ……！」

オレはレイラの流纏掌の動きだけを真似して、右手の掌底をおっさん奴隷のみぞおちに炸裂させる。

「ぐふっ!?」

体内から空気を吐き出し、おっさん奴隷はうずくまる。

間髪を容れず地を蹴り、奴隷商に向かう。

「ダメッ!!」

氷の破片を飛ばして来る少女奴隷。

破片を掻い潜《くぐ》り、少女奴隷の脇腹に加減した拳を横薙ぎで放つ。

「〜〜〜っ!!」

痛みに悶絶し、少女奴隷は膝をつく。加減したが、少女には耐えがたい痛みだったか……!

「ほんっとうに胸糞わりぃ……!」

だけどこれで後はあのクズ野郎だけ——

「2分、経ったぞ……!」

ぐわん、と空間が歪むほどの魔力が奴隷商から溢れる。

「なんだ!?」

オレは突如出現した巨大な殺意を受け、足を止めた。

「クソが……使えねぇ奴隷共が。俺の予定を狂わせやがって……!」

七三分けの髪が天に逆立つ。

白煙が渦巻き、突風が吹き荒れた。

「そこの奴隷共の尻穴は後でぶち抜く。当然テメェもだ小僧……!　俺の予定を乱す奴は何人《なんぴと》たりとも許さん!!」

言葉遣い、雰囲気が丸ごと入れ替わる。

二重人格というやつか?　ただ単に機嫌が悪くなっただけか。

どうでもいい。テメェの事情なんて知ったことか。

「情緒が不安定な奴だな……おい、ぶち切れてるのがテメェだけだと思うなよ……!」

第七十八話　ガールズバトル

（シール君……大丈夫かな）

レイラは大樽を抱えて森を走る。

頭に浮かんでいるのはシールと奴隷商の長《おさ》の顔だ。

（あの七三分けの人、結構やり手の術師だ。シール君１人じゃ分が悪いかも……）

ガサ、と草を蹴り飛ばす音。

「……！」

背後に寄って来る足音。

レイラは川の音が聞こえる場所で立ち止まり、大樽を地面に置いた。

「ラッキー、ラッキー！　まさか嬢ちゃんの相手をさせてもらえるとはね」

大剣を背負った女が、藪を払って姿を現す。

「女巨人ほどじゃないだろうけど、お嬢ちゃんもかなり高く売れると思うよ。アタシに任せな、一番優しいご主人様のとこに売ってやる」

（樽を持ったわたしのスピードじゃ逃げきれないかな）

大剣を片手に持ち、女は下衆な視線で舐めるようにレイラを見る。

レイラは冷静に、相手を観察する。

（大剣を持ってることから察するに近接タイプ。副源四色が黒だと厄介……）

レイラは樽を守りながら戦わなければならない。

機動力は死んだも同然だ。樽を狙われれば、相手の攻撃は基本受けなくてはいけない。そうなると破壊の魔力――黒魔を使われるのが一番つらいところ。

（もし相手が黒魔術師なら先手を取られた時点で負けは確実。流纏でも黒魔を流せるかはわからない。ここは――有無を言わせず倒すしかない!!）

レイラは両手にナイフを形成し、赤魔をナイフに灯す。

最大火力最高速のナイフを一気に投げ込んだ。

「あはははは っ!!」

大剣女は構わずにナイフの波に突っ込む。

心臓、首、頭。そこ以外は守らず、ナイフを受けた。

「痒い痒い！　こんなもんじゃアタシは止められないよ!!」

白の魔力が大剣女を包んだ。

大剣女は体に刺さったナイフを抜き、傷を白魔で塞いでいく。

「いいでしょ白魔力！　これがあるとね、奴隷を調教するのが楽なんだよ！　傷つけてもすぐに治せるから、無限に痛めつけられる！　どれだけ強情な奴でも一日に爪を１００回剝がされれば従順になるもんさ!!　お嬢ちゃんもすぐに良いペットに——」

レイラの光の消えた瞳を見て、大剣女は言葉を止めた。

レイラは薄く笑う。

『黒魔じゃない』

——と、ならば相手じゃないと。レイラは笑う。

「ごめんね」

レイラは感情を込めず、囁くように口にする。

「——瞬殺するよ」

コイツはヤバい、と大剣女は気を引き締め、すぐに殺しにかかる。

しかし、踏み込んだ大剣女の足は地面に沈み込んだ。

「な、なんだ!?」

——右足首が何かに挟まれた。

大剣女は足元を見る。するとそこには、虹色の魔法陣があり、右足は魔法陣の中へ消えていた。

転移門による落とし穴である。

「なんだいこれは……!?」

　レイラはナイフを投げながら転移門を描き、地面に設置し、大剣女が転移門を踏んだ瞬間に起動。大剣女の右足首より先を転移。大剣女の足はレイラのすぐ横にある転移門から出て地を踏みつけている。

（なんであんなところにアタシの足が!?）

　転移門は縮小し大剣女の右足首を挟む。レイラはナイフを右手に形成し、自分のすぐ側に転移してきた大剣女の足を上から串刺しにする。

「いっ！！？」

　大剣女は痛みに顔を歪める。レイラは続けて六本のナイフを大剣女の右足の上に形成、青魔で発射し、大剣女の右足で針山を作った。

「があっっ！！！？」

　激痛が背を上り脳髄に到達し、大剣女は大剣《エモノ》を手から落とす。

　レイラは地面を蹴り、足を転移門に挟まれ動けない刺青女に近づく。

「小娘がぁっ!!」

　刺青女は両手を前に、ガムシャラに炎弾を放つ。

　しかし炎弾は全て青の魔力に止められ、散らされた。

「――流纏」

　レイラは流纏を全身から発し、炎弾を弾く。

そのまま距離を詰め、流纏の掌底を刺青女の腹部に添える。

（こんな小娘の打撃、赤魔で体を固めれば――――！）

「流纏掌……」

螺旋の衝撃が、刺青女の意識を刈り取った。

◆

目が覚めると、刺青女は両手両足を虹色の魔法陣に挟まれていた。

ひざをつき、両手はバンザイ状態だ。手錠代わりに転移門が手首足首に付いている。

頭を起こし、前を見る。

白髪の少女、レイラは無表情で刺青女を見下ろしていた。

「質問。仲間の数がやけに少なかったけど、どこ行ったの？」

淡々と言葉を並べる少女に対し、刺青女は諦めたように言葉を返す。

「……アンタらが洞窟に巨人を匿《かくま》っているのは知っている。残りの連中は全員そっちに送り込んだ。

アタシとリーダーと他数人は念のためアンタらを足止めすることにした。なんらかの誤算で、薬を
女巨人が手に入れたらそのまま海へトンズラこかれるからね」

「どうやって場所を突き止めたの？」

「1人、ずっとアンタらの後を追わせた。尾行に特化した魔術を身に付けた奴だ。アンタの仲間に鼻の良い奴が居たみたいだが、そいつは匂いを消して後を追える」

「……もう一つ、リーダーの名前をフルネームで教えて」

「――ルーク。ルーク＝ランググルフ」

刺青女は嘘を言った。

目の前の少女がなぜ名前を求めるかはわからない。わからないからこそ、嘘をついた。想定外の被害を恐れたのだ。

レイラに真偽を確かめる手段はない。ならば、安全を取りに行くまで。

「嘘だね」

レイラは言い切った。

刺青女は表情に焦りを出さない。しかし、内心は焦っていた。

「わたしはね、嘘を見抜くことができるんだよ」

レイラは新たに転移門を二つ、空に描いた。

片方は川の中へ、もう片方は刺青女の頭上に設置された。

「……嘘は、言っちゃダメでしょ？」

子供に言い聞かせるように、レイラは人差し指を自分の口に当てて言う。

「待て――なにをする気だい!?」

刺青女はレイラの魔術についてわかりはじめていた。魔法陣と魔法陣を繋げる魔術だと。魔法陣が一つ自分の頭上へ、もう一つは川の中……レイラがやろうとしている拷問を、刺青女は知っていた。

レイラは転移門を繋げる。女の頭上に川から流れ込んだ《転移してきた》水が浴びせられた。

「待て、待て——！」

レイラは転移門を下ろし、女の首から上を川底へ転移させ、転移門を閉める。

鼻から、口から、なだれ込む水。濁っていく景色——頭の中の思考が『苦しい』で埋められていく。絶望の闇が心臓を掴む。

良く知っている拷問だった。

奴隷の調教によく使っていたから。

水責め——単純且つ簡単で、耐えがたい拷問の一つ。人の心を容易に折る悪魔の所業。

息が切れ、水が喉を通過していく。腹に、胃に、水が満ちていく。そこでようやく景色が明るくなった。

「ぶはっ！」

転移門が上がり、転移門の機能が停止する。

水から解放され、口の中の水をすべて吐き出す。レイラは刺青女の腹を蹴り、さらに水を吐かせる。数秒の呼吸困難を越えた後、刺青女の口は今までの人生の中で一番速く動き、その名を口にした。

「キリアン＝ドロフクス！　キリアン＝ドロフクス!!　キリアン＝ドロフクス！！！」

「それがリーダーの名前？」

「そうだ！　だから、水は……水はもうやめてくれ！　素直にアタシをぶっ飛ばしてくれ!!」

媚びるように、涙を流して、刺青女は懇願する。

自分が調教してきた奴隷達と同じ顔を作る。

レイラは――首を横に振った。

「嘘だね」

「――――え？」

レイラは言い切った。刺青女は本当の名を口にしたのに、レイラは再び転移門を繋げた。

――水責めは繰り返された。

刺青女は水から解放される度、名を口にした。

何度も何度も何度も、途中で違う名を口にしても、水責めは繰り返された。何度も何度も何度も何度も……意識がなくなるその時まで。

刺青女の意識が沈み、気絶した後でレイラは頷いた。

「……五個ぐらい名前出たけど、多分、一番数の多かったキリアン＝ドロフクスが真名かなぁ」

――レイラは最初から、女の意識が沈むまで水責めをやめる気はなかった。

レイラに嘘を見抜く能力などない。

だから自分は『嘘がわかる』と嘘をついて、拷問を繰り返す。途中まで相手が嘘をついていても、見破られたと勘違いし続ければいずれ本当の名を出すだろう――と。

拷問の目的の半分は名前を聞き、シールに教えてギルドリーダーを封印可能にするため。

もう半分は――値踏みされた仕返しである。

「これで、少しは虐げられる辛さがわかったかな」

◆

レイラが大樽を持って森を抜けると、吐く息が途端に白くなった。

「なに、これ……」

氷雪地帯に来たのかと錯覚するほどの寒さ、視界に広がる氷の景色。

氷漬けにされた人間がそこら中に居た。剣を構えていたり、防御の態勢を取っていたり、逃げ出そうとしていたり、色んな恰好で停止していた。

洞窟の前で、この景色を生み出した張本人は寝そべって欠伸《あくび》をする。

「あー、おかえりレイラちゃん。僕はもう暇すぎて暇すぎて眠っちゃいそうだったよ」

「これは、ソナタさんがやったんですか？」

「うん」

「さ、さすがですね……」

レイラはソナタの側を通り過ぎ、洞窟の中のバリューダの下へ向かう。

◆

女巨人の右手の掌に乗せられ、シュラは女巨人の額を治療していた。

白魔を両手に宿し、塗るように浴びせていく。

「アンタも馬鹿ね。ルールを破ってこんなところまで来るなんてさ」

シュラの言葉には里の掟を破り、別の大陸まで来た自分への自虐も含まれていた。

「……妹の命とルール、どちらかしか守れないなら、私は妹の命を取る。それだけの話だ」

「――そうね。私がアンタと同じ立場なら、きっと同じことをするわ」

「それでも未《いま》だに驚いている部分もある。私は生まれてからずっとルールは絶対だと思っていた。

なのに妹の命がかかった途端、なりふり構わず飛び出してしまった」

「そんなもんよ」

「全ての人類を縛れるほど、ルールや掟は上手くできてはいないのだな」

「ルールや掟に全員が従うぐらい人類が殊勝なら、人類はルールも掟も作ってないわ」

「お前の言う通りかもしれないな……」

　2人の空間にレイラは足を踏み入れる。

　レイラは大樽を置き、息を切らしながら、

「薬、取ってきたよ！」

　レイラの口から吉報を聞き、バリューダは瞳に涙を溜めた。

「……お前らには感謝してもしきれないな……」

　レイラは報告を終えるとすぐに出口の方へ足を向ける。

「どうしたのよ？　そんな慌てて」

「シール君が滝で会ったギルドマスターの……強そうな人と戦ってるの！　だから加勢してくる！」

「あ、ちょっと！」

　レイラは走り、洞窟から外へ出た。

　シュラは背中を見送り、「わかってないわね」と呟く。

　シュラの頭には朝のシールの言葉が残っていた。

　――『心配しなくてもオレは命懸けで守るよ。シュラも――お前もな』

「……シールがあんな奴に負けるわけないじゃない」

　誰にも聞こえないようにボソッとシュラは呟いた。

「――ッ!?」

「どうした？　シュラ」

シュラは白魔力による治癒をやめた。

この空間に居る存在は傍から見ればシュラとバリューダの2人。だがシュラはもう1人の気配、いや、匂いを嗅ぎ取った。一直線に薬の入った樽に向かって走り、樽を掴んでその匂いから距離を取る。

「誰!?　そこに居るのはわかってるわ！」

シュラの声でバリューダも戦闘態勢に入る。

シュラの目線の先、そこにうっすらと人影が現れていく。

「よくぞ見破ったな」

現れたのは真っ黒な全身タイツの男。目にはゴーグル、口にはガスマスクを嵌めており、ガスマスクには緑の錬魔石が嵌っていて虹色の煙がにじみ出ている。

「黒魔、もしくは黄魔ね。匂いを破壊したか匂いをコントロールして体臭を消していたんでしょ？」

「(ぎくっ！)」

「そのマスク型錬色器から出る煙がアンタの体を背景と同じように塗色して、姿を消したように見せた。そうでしょ？」

「(ぎくぎくっ!?)」

スーツの男はゴホンと咳払いし、肩を竦める。

「……違う」

「嘘つけっ!!」

「しかし、なぜ俺の擬態を見破れた？　俺の擬態は完璧だったはずだ」

「アンタの消臭は完璧だったわ。いや、完璧すぎたと言うべきかしら？　なにもない空間にだって匂いというものはあるのよ。なのにすっぽりと人間1人分の空間がまったくの無臭だった」

「ありえん……まさかこの洞窟内全ての匂いを把握したと言うのか？」

「ええ。完全に鼻が通るまで時間はかかったけどね！」

シュラは自分の鼻を指さす。

「私の鼻は特別なの。アンタの姿、もう見失わないわ」

「ほう。では試してみようか」

スーツ男は再び姿を消す。

樽をバリューダに投げる。バリューダは樽を受け取り、シュラの方へ視線を送る。

「アンタは安静にしてなさい。樽だけを守って！」

「し、しかし……！」

「いいから言うとおりにしなさい！」

バリューダはシュラの目を真っすぐに見て、樽を抱え込んだ。

シュラは赤魔を纏い、高速で動き、なにもないように見える空間を右拳で殴る。

「うぐっ!?」

右拳にはしっかりと手ごたえがあった。

「言ったでしょ？　見失わないって！」

「ああ。それにこのパワー……只者では無いな」

シュラは攻撃を受けても吹き飛ばない男に対し、首を傾げる。

(コイツ……体が出来ている。赤魔の量も多い。武闘家か!!)

男は蹴りを出す。シュラはそれを腕でガード、すぐさま蹴りを返し、男の顔を弾いた。

男はバク転でシュラと距離を取る。

「この俺が接近戦で打ち負けるとは……！」

再び煙を纏い、姿を消す男。

「無駄なことを！」

シュラは鼻を動かす――

「たしかに優れた鼻を持つ。ならば、これならどうだ？」

「むぐあ！！？」

シュラは鼻をつまみ、両膝をついた。バリューダも同様に鼻をつまむ。

「ふはははっ！　形成の魔力でスカンクの屁の匂いを形成した！　臭かろう！　臭かろう！」

洞窟内が異臭で包まれる。

シュラの鼻は異臭のせいで利かなくなり、男の姿を完全に見失った。

（これじゃアイツの居場所がわからないっ！　でもアイツの狙いはわかる……！）

シュラはバリューダの下へ走る。だがその途中で見えない打撃が頰に当たった。

「ちっ！」

シュラは両腕をクロスさせ、腕に顔を埋《うず》める。四方八方より打撃の嵐が与えられる。

（これじゃ防戦一方だ！）

「どうしたチビ女！　守るので精一杯か!?」

「あぁん!?　誰がチビだ――」

一瞬、打撃が止んだ。

ぞわっ、とシュラの頭に嫌な予感が過る。

シュラは咄嗟に首や頭、胸部に赤魔を集中させた。

（まずいっ!?）

「うぐっ!?」

シュラの脇腹に鋭い痛みが走る。

ナイフがシュラの脇腹に刺さっていた。痛みに耐えきれず、膝をつく。

「ふふっ、これで終わりだな」

余裕そうな男の声が数メートル先から聞こえた。

シュラはナイフを抜き、脇腹を押さえながら立ち上がった。

「無理をするな。出血多量で死ぬぞ？」

「ご心配には及ばないわ！」

シュラは傷口に白魔力を灯し、修復させる。

「白魔術師か……！　全ての能力が生存力に特化している、厄介な女だ。だが傷を治したところでどうすることもできまい……お前に俺の居場所はわからないのだからな」

（くそっ！　この臭いだけどうにかできれば……）

シュラはなにかないかと洞窟内を見渡す。

「あれは……」

シュラの目に入ったのは円形の盾。バリューダが持ってきた巨人の盾だ。

シュラの何倍もある長さの盾、シュラはそれを見て笑った。

「色装、〝白〟。〝白雪の灯《スノウランプ》〟」

シュラの体に白魔力が灯る。

シュラは体のリミッターを外し、目にも止まらぬ速度で盾を拾いに行った。

「これ、借りるわよ」

「シュラ！　なにをする気だ!?」

「うちわ代わりよ！　そぅれ!!」

シュラは盾を振り、旋風を発生させる。

普通の人間なら持つことなど絶対にできない盾を右に左に振り回す。盾によって発生した風が洞窟内の異臭を吹き飛ばしていく――

「なんだと!?」

シュラはくんくんと鼻を動かし、索敵を終える。

「見つけた」

シュラは一息で敵の目の前まで距離を詰めた。

シュラを目の前に据えて、男は渾身の赤魔を体に込めた。

「こうなれば接近戦でお前に勝つ！」

振り下ろされた拳。シュラは敢えて避けず、額に受ける。

「なぬっ!?」

額にダメージはなかった。シュラは笑いながら拳に力を込める。

「アンタと私とじゃ、格が違うのよ」

「ぬうぅぅ!?」

巨人の拳に劣らない一撃が男の腹部に刺さり、男は耐え切れずに失神した。

シュラは崩れ落ちる男を見下ろしながら、
「なーんだ、アンタの方がチビじゃない」

第七十九話　人形遊び

煙の強さは濃さでわかる。

風景を覗けるぐらいの薄い煙は回避・防御の必要はない。

逆に風景が見えないほど濃い煙は避けないと駄目だ。防御しても突破される。

奴隷商は煙を自在に変化させ、鳥や虎や蛇や色々な形にして飛ばして来る。

それらの飛び道具を躱し、前へ進むが、ある程度進むと奴は白煙の波《ウェーブ》を起こして来る。これが厄介。

射程はないが広範囲。ある程度近づいていると避けられない。

遠距離が得意なタイプに見えて、近接の方が強力。あっちから積極的に近づいてくることはないから雷印や偃月で遠距離戦を繰り広げてもいいがキリが無いし、あっちの総魔力量がわからないから持久戦を仕掛けるのも気が引ける。

なんて考えていると早速奴はウェーブを起こしてきた。

「――このっ！」

白煙のウェーブに流され、倒れこんだところに追撃が迫る。

「オラオラどうした小僧ッ!!」

離れたオレに奴は白煙の塊を飛ばしてきた。

地面を転がって躲し、飛び起きる。

「……ふぅ！」

肺に溜まった空気を吐き出し、頭を冷やす。

攻めあぐねているのは白煙のウェーブのせいだけじゃない。奴の副源四色、これが分からない以上迂闊に前に出られない、攻めきれない。

さっき偃月で傷ついた腕を治していない。このことから察するに白はない。

黒か黄色か、はたまた虹色か。

虹色は一番レアらしいから確率は低い。ここまで出し惜しんでいることから見るに、一番濃い線は必殺能力の高い黒かな……アイツ、オレを人質にするとか言っていたし、黒魔ならそう簡単にまき散らせないだろう。次点で黄魔だ。

「そらよ！　とっておきの一手だ!!」

再び白煙の塊を飛ばして来る。今度はかなりデカい、気球ぐらいはある。

横に逸れて塊を避ける。塊は地面に激突すると周囲に薄い煙をまき散らした。

パチン、と指を鳴らす音が響いた。

「色装、〝橙《とう》〟」

色装!?

煙＋副源四色、厄介な気配しかしない!!

「《カプノス・ドミナートル》……！」

煙の色が橙色に変わっていく。

黄魔の色装……！　中には赤の魔力も混ぜられている。

「俺の《カプノス・ドミナートル》の能力は単純だ。この煙を吸った全ての生物を支配下に置く!!」

「全ての……」

鼻孔から橙色の煙が入ってくる。

「まずいっ!!」

慌てて煙の外に出るが、多分手遅れだ……！

「終わりだ。俺に従え小僧……！」

「う、ぐっ！！？」

煙＋黄魔、この組み合わせは卑怯だろ！

か、体の自由が――！

体の自由が……！！！？

体の自由が……。

「……。」

――いや、別になんともないぞ。

手は動くし、思考も正常だ。

「……？」

「……？」

オレと奴隷商は目を合わせ、一時の静寂が訪れる。

「テメェの副源四色……まさか」

オレは奴隷商の反応を見て納得した。

「黄魔を使える奴には通じないってオチか？」

「ちっ！」

理屈はなんとなくわかる。

黄魔使いは得てして黄魔の扱いに慣れている。多少、他人の黄魔が体に入ったところで青魔で弾き出せるのだろう。もしくは自分の支配の魔力で体の支配権を奪い返したか。

所詮は煙に混ぜられた塵程度の黄魔、黄魔使いなら意識せずとも支配権を奪い返せるわけだ。

だけど多分、大量に吸い込んでいたらヤバかったかもな。まぁ色装が付いた時点であの煙の中に長時間居ることはありえなかったけど。

「しかし」

――コイツの能力は凶悪だ。

レイラやシュラがこれを初見でなんとかできるかは微妙。もしオレがここを突破されて、アイツらが操られて人質にされたら詰む可能性がある。

コイツはここで、絶対にオレが処理しないと駄目だ。

「別にいい。だったらコイツらに使うまでだ」

橙色の煙はオレじゃなく、地面にうずくまる奴隷2人に向けられる。

「なにを……」

元々指揮下にある奴隷に吸わせて意味があるのか？

黄色のオーラを纏った奴隷2人の姿を見て、オレは奴隷商のやろうとしていることを理解する。

「――やめろ……」

他人への色装付与。

黄魔による肉体のリミッター解除。

もしそれが煙を介して使えるのなら、戦力は増強するだろう。

問題はそこじゃない。そいつらは耐えられるのか？

経験したからわかる。黄魔の色装は肉体への負荷が半端じゃない。訓練なしに耐えられるもんじゃない……！

「さぁ、馬車馬《ばしゃうま》のように働け！　奴隷らしく、全てを捧げろ!!」

「やめろテメェ!!」

奴隷商に向けて走る直前に、二つの影が前方を塞いだ。

さっきまでとは比べ物にならない速度で奴隷2人は動き、おっさん奴隷の拳はオレの腹部を、少女奴隷が飛ばした氷の礫《つぶて》はオレの頬を捉えた。

「――ッ!?」

背中を地面に擦り、十数mの距離を移動する。

口の中に血の味。頬の裏が歯に当たって切れたか。血を唾と一緒に吐き捨て、腹をさすりながら態勢を立て直す。

――怯え切った顔が正面にあった。

「なんだ、これ……体が、勝手に……！」

「痛い――いや、やめて。痛いよ……！」

体の血管が弾け、血を滲ませる奴隷2人。

自分の体が他人に支配される恐怖、奴隷2人の表情は直視できるものじゃなかった。

奴隷商は鼻で笑いながら、そんな彼らを眺める。

「まさに操り人形ってやつだ。俺に従わねぇ奴は殺す！　支配者は俺だ!!」

涙を流しながら、奴隷2人は迫ってくる。

ボロボロの体を無理やり動かされながら……、

「……。」

——オレの中で、何かがはち切れた。

第八十話　名前

奴がやっていることは法に触れているわけじゃない。奴隷は道具であり人間でも無ければペットでもないというのが共通の認識。いくら雑に扱おうが罪に問われることはない。死ぬまでこき使おうと、誰も文句は言えない。

奴は罪を犯しているわけじゃない――

「でも」

いくら法や万人が許しても、

それでもオレは、奴の所業に対して、

――封じきれない怒りを抱かずにはいられなかった。

「うわあああああっ!!」

少女奴隷が氷のかぎ爪を形成し、振るってくる。

かぎ爪を頭を下げてよけ、少女奴隷のがら空きの頬に右拳を当てる。

「烙印《マーク》……!」

続いて右からおっさん奴隷の拳が飛んでくる。

拳を避けず、敢えて頭で受け止める。頭が痛みの信号を飛ばすがお構いなしに怯まず前に進み、左拳をおっさん奴隷の顎に当てる。

「烙印《マーク》」

2人に印を付けたところで大きく飛び退き、思考を巡らせる。

――作戦は一択、奴隷2人を封印する。

字印は付いた。だが封印の条件に必要な物が一つ足りない。

対象の名前だ。オレはあの奴隷2人の名前を知らない。見たところ、体の自由はないようだが言葉を発するぐらいの抵抗はできているみたいだ。

でもあの状態じゃ、オレの言葉を聞き入れるほどの余裕はないだろう。

「考えろ……」

氷の破片が放たれる。

屈んで避け、迫るおっさん奴隷の攻撃に備える。

おっさん奴隷は右拳に黒い魔力を灯した。

「黒魔ッ!?」

防御不可。回避しかない。

しかし相手は黄魔の補正を受けている。躱すのも困難――!

「――嫌だ」

おっさん奴隷の動きが止まる。

「嫌だ……！　殺しだけは……」

だがすぐに動き出す。

一瞬止まったおかげで、振り下ろされた拳を後ずさって躱すことが出来た。

おっさん奴隷の拳を受けた地面は割れることはなく、拳が当たった部分だけが塵となって消えた。

「……どうしたシール＝ゼッタ。まだ名案が思い付かないのかよ！」

自問し、考える。

あの微量な黄魔で全身をあそこまで細かく動かすのは難しいはず……どうやって奴はあれだけの精密な操作ができている？

奴隷が纏う黄魔を観察する。

違和感が一つ生まれた。なぜか、足から頭にかけて黄魔が濃くなっている。

――そうか。

手や足をいちいち黄魔で動かしているわけじゃないのか。人体の司令塔を支配し、操っているわけだな。

奴隷2人の脳、そこに黄魔をぶち込んで操っているに違いない。

流纏が使えれば脳にある黄魔を消せるかな。見様見真似でやってみるか？

——落ち着け。

できないことはできない。

自分の手札を思い出せ……！

「流纏……流纏か！」

そうだ、あるじゃないか。流纏に似た性質を持つ術が。

来た、キタキタ！　名案が来た!!

あるぞ。一つだけ、突破口ッ！

「雷印、解封《オープン》！」

オレは札から雷印——雷の矢を放つ弓を解封し、装備する。

緑魔を込め雷矢を形成し、５本の矢を奴隷商に向かって発射する。

「——封印《クローズ》」

すぐさま雷印を札に封印。

新たに空札を2枚手に取る。

「雷印？　そんな玩具《おもちゃ》で……！」

雷の矢は煙でガードされたが雷光を散らした。奴隷商の視界が雷光で閉ざされ、奴隷達の動きも一斉に止まる。

今、奴隷を動かしているのはアイツだ。アイツさえ止めれば操られた2人の動きも止まる。

全員が静止している間に距離を取り、空札に五角形の字印を描く。

準備完了――

「言え」

オレは両手に1枚ずつ札を持つ。

「教えてくれ！　アンタらの名前を!!」

走り出し、おっさん奴隷に向かっていく。

おっさん奴隷は素早い動きで黒い左拳を出す。拳はオレの頬を掠《かす》り、頬の皮を塵にする。怯まず、
左手を出しておっさん奴隷の額に札を当てた。

「……封印《クローズ》」

五角形の字印をおっさん奴隷の額に当てる。

「ぬわあああああああああっ！！？」

バチッ！　と青白い光が走る。

札におっさん奴隷の頭にある魔力が吸い込まれていく。

「おっさんを支配している魔力さえ取り除けば支配は解けるだろ！」

魔力封印。

直接頭にぶち込んで、おっさん奴隷の頭の中にある魔力を吸いだす――！

「出ていけ！」

――おっさん奴隷の動きが止まった。

目に生気が宿る。

体は震えているが、成功したようだ。

「名前を教えてくれ……そうすりゃ助けられる」

「私は……商品No.021――」

「番号じゃねぇ……あるだろ、大事な人からもらった名前が！　アンタの魂に刻んだ名前が!!」

ひゅん、と何かが横を通り過ぎた。

背中に気配を感じる。オレは後ろを見ずに、体を開き、右手を出してオレの背後を取った少女の頭に札を押し付けた。

「きゃあああああああっっ！！？」

おっさん奴隷と同様の反応を見せ、彼女の動きも止まる。

「お前もだ！　名乗れ！　道具じゃない証拠を叫びやがれ!!」

オレの訴えに、2人の奴隷は涙を地面に垂れ流し、口をパクパクと動かし始める。

「俺は……俺の名前は！　エイデン……エイデン＝ホワードだ!!」

「わた、私は……ベイズリー＝ホワード……！」

よし、とオレが笑うと同時に、煙の波が迫って来ていた。

前を見ると、すぐそこまで奴隷商が近づいてきていた。

「ゴタゴタと、なにをしてやがるっ!!」

これまでで最高密度の煙の塊が腹を穿つ。

口からあらゆる色の液体が混ざって飛び散る。オレの体は奴隷商が小さく見えるぐらい打ち上げられ、草の剝がれた土の地面に落ちた。

「――ッ!?」

痛い……背中から痺れと激痛が後頭部に昇ってくる。

頭がボーッとする。景色がよく、見えない。呑気に空を飛ぶ雲だけがやけにはっきり見える。

立ち上がれ。

立ち上がれ……!

腰のベルトに括り付けられた筆を取り、予備の空札に名前を書き込む。

――エイデン＝ホワード。

――ベイズリー＝ホワード。

名前が書きこまれた札は、青く光った。

「封印《クローズ》」

奴隷商の側に立っていた2人が服と首輪のみを残し、札に吸い込まれていく。

「なんだと！！？」

封印、完了。

奴隷2人が消えたのを見て、奴隷商は驚いた様子を見せる。

「テメェ、一体なにを――」

奴隷商はオレの顔を見て口を閉じた。

多分、奴を見るオレの顔は、酷く歪んでいただろう。

「名前ってのは大切なモンなんだ。かけがえのないモンなんだよ」

――『シール。明日からシール＝ゼッタと名乗ることを許可する』

いつかの日、師に名を貰った時のことを思い出しながらオレは言葉を並べる。

「どれだけ辱めを受けようが、決して忘れはしない。大切な人から貰った愛情であり、人としてのプライドなんだ。それを変なレッテルで上書きしやがって……！」

頭に血が溜まっているのがわかる。血管が目の下に浮かんでいるのがわかる。

冷静に、オレは自分の心境を分析する。

――ああ、オレ、今、結構ぶちキレてるな。

「覚悟しろ奴隷商ッ!!　テメェは全ての手札《フルコース》で仕留める！！！」

ビク！　と奴隷商はオレの怒声に圧され、体を震わせた。

もう障害はない。加減はいらない。全力で叩きのめすだけだ。

オレは真っ先に〝死〟と書き込まれた札をポケットから出した。

「まず一つ目……〝オシリスオーブ〟……！」

ここからは戦いじゃない――処刑だ。

死神の指輪を右手人差し指に装備し、痣を右手から頭まで立ち昇らせる。

目に見えるほどの赤き魔力を身に纏い、空気を唸らせ全速で突っ込む。

「この速度は――!?　ちぃいいいぃぃぃぃ!!」

壁のように設置された高密度の煙の壁。

壁を殴って壊し、速度を落とさず前に進む。

「色装〝橙〟、《カプノス・ドミナートル》！」

奴は煙に黄魔を纏わせ、自分で吸い込んだ。

自分に対する色装……オレが以前にやっていたのとそう変わらないな。

――もう遅い。お前が地を蹴るより先に、オレの拳が届く。

「名付けて、〝シールコンボ・序《じょ》の巻《まき》〟だ……！」

右拳を奴隷商の腹へ叩きつける。

「ぐはっ！」

殴り飛ばされ、地面を転がる奴隷商。地面を蹴って追いかける。

「――　〝ルッタ〟」

短剣を解封し、右手に装備。

奴隷商はオレの短剣を見て、腰に付けたナイフを取り出す。

「ざっけんなぁ！！！」

キン。と金属が弾き合う音、
二度打ち合って奴の剣筋を見切り、斬り上げて奴の剣を上に逸らす。二振り、脇腹と頬の皮を刻んだ後、左手に〃獅〃の札を摑んだ。

「〃獅鉄《してつ》〃」

槍を解封し、石突を奴の腹に向ける。

魔力を込め、勢いよく槍を伸ばし奴隷商の腹を穿つ。

「――くっ!?」

20mほど槍を伸ばしてオレは両手の武器を手放し、跳躍する。

手に握るは〃雷〃と書き込まれた札だ。

「〃雷印〃！」

黄色の長弓を解封。手に取り、構えて3発の雷矢を放つ。

雷矢は奴が出した煙に防がれるが、雷光によって奴の注意を逸らした。

雷光に惑わされている内に、黄魔の鎖を奴隷商の背後に伸ばす。

戦いの序盤で奴の背後に投げ込んだ偃月を黄魔の鎖で捉え、地に足をつけ右手を引く。

「〃偃月〃ッ!!」

偃月は飛び上がり、奴隷商の背を打ち付ける。

「なっ！！？　後ろから……！」

奴隷商は赤魔を纏って偃月に対抗しようとする。が、

「させるかよ!!」

オレは黄魔の鎖を増量し、12本偃月に繋げ、全身で引く。引いて引いて引き続け、ブーメランごと奴を引きずり戻す。

「あぁ……うわあああああああっ！！！？」

偃月に引っ張られ奴の体が宙に浮いた。

間合いが十分に詰まったところでオレは右拳を握り、渾身の赤魔を込める。

「ままま、待て！　金ならいくらでも――」

とことん――

「……つまらん奴だな」

右拳が奴隷商の鼻に突き刺さる。メキ、と鼻の折れた音が聞こえた。

ゴォン!!

奴隷商は体を空中で2回転させたあと、白目を剝いて地面に落ちた。

――決着。

無様に倒れた奴隷商を見下ろし、全身の力を抜いた。

体をググッと伸ばし、首を鳴らす。

「あー、すっきりした。満足満足……」

第八十一話　六種の神器

錬色器を全て封印した後、オレは気絶した奴隷商の服をまさぐっていた。

上着の内ポケットに手を突っ込むと手触りの良い感触が返って来る。間違いない、目当ての品だ。

「あったあった……」

高そうな革の財布を抜き取る。

財布を開くと、1万ｏｕｒｏの札《さつ》が18枚入っていた。

「へへっ、これだけあれば十分だな。他にも金目のモンは全部貰っておこうーっと」

「……シール君、やってること盗賊と一緒だよ」

ギク、と肩が揺れた。

いつの間にかそこに居たレイラはジトーッと細目でオレの目を見てくる。

「別にオレが使うわけじゃないよ。洞窟へ戻ろう。締《し》めだ」

◆

洞窟へ戻る最中、氷漬けにされた風景に出会った。

洞窟の入り口。この光景を作り上げたであろう張本人はいびきをかいて爆睡していた。

多分あの術を使ったんだろうな。

一騎討ちの時、初《しょ》っ端《ぱな》使ってきたあの術、《氷錠剣羽》……。

「ソナタさん……」

「おい、サボってんじゃやねぇ！」

ソナタの背中を蹴り飛ばす。

ソナタはクルクルと地面を転がり、洞窟内の岩壁に頭をぶつけて目を覚ました。

「あれ？　会長？　もう終わったのかい？」

「まだ最後の作業が残ってるよ」

バリューダが居る空間へ戻ると、シュラとバリューダが座って談笑している姿があった。意気投合した様子だ。すでにバリューダの体から傷は全て消えている。

「バリューダ。もう敵は排除したから大丈夫だ。後は薬を持って帰るだけだな」

「本当になんと感謝すれば……金まで払ってもらって申し訳ない。

なにか、返せる物があればいいが……どうだろう、私が渡せる物なら何でも渡そう」

「本当か？　じゃあソレくれ」

バリューダの横、中央に赤の錬魔石を埋め込んだ丸形の盾を指さす。

巨人の盾だ。

「……盾が、欲しいのか？」

バリューダは頬を染めて、声を震わせる。

「無理にとは言わないけど……」

「いや、盾は正直泳ぐ際に邪魔だった。替えの物も故郷にあるからいらないといえばいらないのだが……」

戦士のような雰囲気を持つバリューダにしては珍しく、もじもじと、女性らしい仕草をしている。

「――古くから巨人の里には面白い風習があってね」

なぜかソナタが急に蘊蓄《うんちく》を語り始めた。

「巨人族の女性から巨人族の男性にプロポーズをする際は、自分の愛用の盾を贈るんだ。『盾の代わりに、一生私を守ってください』って意味を込めてね」

「――へ？」

なるほど、それでこの反応か。

なぜだろう、冷ややかな視線を感じる。

「……シール君、お礼にそういうことを要求するのは良くないと思うな」

「さいってぃね！」

「お前ら……話の流れからオレに他意がないことはわかってるだろ」

「ふふっ、巨人の風習など気にするな。あくまで、巨人同士で盾をやり取りするならの話だ」

バリューダは盾を持ち、オレの前に立てかける。

盾の影でオレの周囲４ｍほどが黒く染まった。

「この盾、お前に捧げよう。しかし、お前が使うには少々大きすぎる気がするが……」

「いいんだよ。これぐらい大きい方が面白い！　──〝烙印《マーク》〟」

盾に字印を付け、札に封印する。

バリューダはオレの術を見て眉をピクリと揺らした。

「なんだ……？　盾が一瞬で消えた？　お前の術か？」

「凄いだろ？　自慢の術だ。なぁバリューダ、この盾、名前はあるのか？」

「ない、無名だ」

「そっか……じゃあいま名付けよう」

レイラ、シュラ、ソナタが右手を挙げ、順々に盾の名前の候補を挙げていく。

「巨人の神様から名前を取るのはどうかな？　アウルゲルミルッ！」

「名前呼ぶとき噛みそうだから却下」

「こういう時は単純明快が一番よ！　巨人の盾だからジャイアントシールド！」

「捻《ひね》りが無さすぎる……」

「折角《せっかく》だからバリューダちゃんの名前を入れようじゃないか。バリューダバックラー！」

「……。」

「本人が照れてるからやめよう」

そうだな……変に捻るのもアレだし、呼びやすく、わかりやすい名前がいい。

「船の帆ぐらいデカい盾だから……帆《セイル》。よし、セイルシールドでいこう！」

微妙な顔をする仲間3人。全員自分の提案の方が良いのに、って顔だ。

「いいと思うぞ。私は気に入った」

唯一、バリューダは賛成してくれた。

オレは盾を封じた札に〝帆〟と書き込んだ。

「シール君、ここから海辺までどうやってバリューダさんを送るつもり？

帝都の近くを通るから、下手したら騎士団に見つかって余計に面倒なことになるよ」

「その件については悩む必要はないと思うよ、レイラちゃん」

「え？」

「そうだぜレイラ。オレが何術師か忘れたか？」

レイラは「あ！」と声を上げる。

そうだ、ここまで来ればなにも問題はない。札にバリューダを封印し、東側の海まで届ければいいだけだ。

「はい、会長」

「ん？」

ソナタは赤色の液体が入った小瓶を渡してきた。

「〝魔塡薬《ローリングボトル》〟。飲むと魔力が回復する液体さ。液体の色によってどの色の魔力が回復するかわかるよ。いま渡したのは赤の魔力を回復する〝魔塡薬〟だ」

「助かる。奴隷商との戦いで赤魔は使い尽くしてたからな……」

バリューダとバリューダの剣を封印する。

他3人がバリューダの衣服を分担して持ち、東の海辺に向かった。

第八十二話　人生ノート〝転〟

バリューダは体に大樽と剣を紐で巻き付け、海にプカプカと浮かぶ。

オレ達は4人、海辺に並んでバリューダを見送る。

「いつか巨人の里に来る機会があれば、私の名前を出すといい。それなりに名は知れ渡っているから手厚くもてなされるはずだ」

「そっちにオレ達が行ったら迫害されないか？」

「巨人族はそれほどお前らに苦手意識を持っていないから大丈夫だ。中には異常に嫌っている者も居るのは事実だが……」

「巨人族の大陸か……面白そうだな」

「会長、法律は守らないと駄目だよ」

「へいへい」

「本当に世話になった。

シール、

シュラ、
レイラ、
ソナタ。
お前達の名前はしっかりと頭に刻み込んでおく。さらばだ」
バリュードは潜水し、水しぶきを立てずに遥か彼方の大陸に向かって泳いでいった。
「さてと、もう一仕事」
オレは奴隷2人が封印された札を握る。

◆

近くの港町、宿屋の一室でオレは奴隷2人を解封する。

町で買った服を渡して、着替えたところでオレはソナタと共に今後について2人に話す。

「この町の騎士団支部所にこの手紙を持っていくんだ。そうすれば後は騎士団員が上手くやってくれる」

ソナタは自分の名前を刻んだ封筒をおっさんに渡した。

「あ、ありがとうございます……」

おっさんと少女は親子だったらしく、数年前に別大陸からやってきたそうだ。ほんの旅行の気持ちだったらしい。

この大陸で右も左もわからず彷徨《さまよ》っているところを奴隷商に捕まり、売られ、今に至る。

「しばらくはこの安宿《やすやど》に泊まるんだな」

「だ、だけど私もお父さんもお金が……」

「金ならここにある」

奴隷商から奪った財布をおっさんに投げ渡す。

「二か月はこれで暮らせるはずだ。その間に何か仕事を見つけるんだな。アンタらぐらいの実力なら、傭兵でも何でもやっていけるだろう」

おっさんは泣きながら、「ありがとう……ありがとう」と連呼した。

少女はおっさんの胸に抱かれ、同じように涙を流した。

オレとソナタは2人を支部所まで見送り、波の音の聞こえる砂浜でこれからの予定について話し合うことにした。

砂浜に着くと、水面に反射した月明かりが目に入った。

ザーザーと音を立てる波が足元まで寄ってくる。

「暗くなってきてるし、今日はここで一夜を過ごす感じでいいかな?」

「ああ、そのつもりだ。帝都行きは明日だな……」

砂浜の上に尻をつき、砂の上を横歩きするカニを指で弾く。

「帝都……この国の中心か。やっとだな」

「どうだい会長、ここまで冒険してきた感想は？」

「物足りないな。まだ砂漠も雪山も行ってないし、空飛ぶ要塞も海底遺跡も未経験だ」

「はっはっは！　欲張りだねー、その全てを短い人生の中で経験できる人間なんて限られてるよ」

爺さんに会って、牢屋を出て、森を越えて海を越えて……火山行ったり塔を上ったり。今日は自分の背丈の何倍もある巨人にも会った。

「そうだな、たかだか数十年で見渡せるほど、世界は狭くない。時間はいくらあっても足りない」

摩訶不思議な体験を、この少ない時間で多く経験した。

色んな景色を見たけど、進めば進むほど世界は広がっていく。キリがない。

——最高だな。この世界は。

「爺さんに会うまでは、時間なんて惜しくなかったんだ。ただ過ぎていく時間を呆然と見つめていた。このままじゃ駄目だと思いつつ、つまらない日常を守っていた。不変は嫌なのに変化は怖かった。それでもいいと思っていた。適当に言い訳並べて、言い訳を読み終える頃には眠くなっていて。朝起きたらまた言い訳が並べられていた。

繰り返すだけだった。グルグルと……それでも悪くないと思ってたんだ。でも今は」

やりたいことがいっぱいある。

行きたい場所がいっぱいある。

「今はとにかく時間が惜しい。この世界は色んな価値観に溢れていて、色んな景色に溢れている。その全てに触れないと気が済まない。頭の中でずっと自分の寿命を計算している。あとたかだか60～80年でこの世界を全て回れるか不安で仕方ない」

「君は根っからの『旅人』だね……」

「お前も、シュラとアシュも、レイラも……みんな時間を尊み生きている。バリューダや、まぁ言っちゃなんだがあの奴隷商も時間を惜しんで生きていた。オレも今は時間を尊いと思っている。時間を尊いと思えるから、人は人でいられるんだってわかった。学んだのはオレだけど、教えてくれたのは爺さんだなぁ」

「君が帝都に行くのは、君の人生に道標を残してくれたバルハさんへの、恩返しのためかい？」

「まぁな。それももちろんあるけど、単純に弟子として師の汚名をそのままにできるかって話だ」

砂浜から腰を上げ、ソナタの顔を見る。

「協力してくれるかソナタ。爺さんを貶めた犯人を、騎士団員の関係者を殺した殺人鬼を、オレは絶対に許さん。絶対に見つけて封印してやる。オレだけじゃできることは限られてるからな、騎士団大隊長であるお前の力が必要だ」

「まったく君は……都合の良い時だけ僕を大隊長扱いするんだから」

「じゃあ断るか？」

「僕が断ると思うかい？　もう手は回してあるよ。パール大隊長から捜査資料も預かってる。あとは帝都に居る僕の部下が集めた情報と照らし合わせて容疑者を絞り込むだけだ」

「……手の早いこと」

「助手は任せてよ！」

「オレが探偵役か？　ははっ！　帝都も退屈はしなさそうだ」

砂を踏みしめる小さな足音が二つ、背中の方に現れる。

「あ、やっと見つけた！　もう夕食の時間だよ！」

後ろを見るとレイラとシュラが立っていた。

「まさか、お前が飯の用意したわけじゃないだろうな？」

「違うけど、わたしが用意したら何か問題があるの？」

「いや別に」

大有りだ。

「宿の近くの酒場で準備してもらってるわ。早く行くわよ！」

「酒場かぁ〜！　酒場に行くと歌いたくなるよねぇ」

「絶対に歌うなよ……」

「お酒入ると知らず知らずのうちに歌っちゃうんだよねぇ」

「シュラ、コイツが酒を頼もうとしたら……」

「ノックアウトするわ！」

酒場で夕食を食べながらレイラとシュラに明日帝都へ行くことを伝える。

その後、宿屋の部屋に戻って眠りについた。

こうして、一日は終わった。

明日はいよいよ帝都に行く。

――オレの人生を一変させる出来事が、そこで起きる。

オレの人生ノート第一冊目、その中の起承転結の承が終わり、そして――物語の転換点、転が始まろうとしていた……。これまで起きた事柄が、全て繋がり、そして、紡がれていく。

後《のち》のオレは思う。

この時、まだ帝都に行くべきでは無かったと。

boredom hating sealer

外伝◆万物を喰らう者

第一話 〝イビルイーター〟

「うえっ……まずっ」

緑色のドロドロの液体をアドルは口に運んでいた。

液体の正体は〈粘弾液魔《スライム》〉の死骸。物理攻撃を無効化するレアな魔物である。無論、食用ではない。その味は腐った果物のような酸味と肉の焦げた部分のような苦味、そして想像を絶するツンとした辛味が混ざった不味《まず》さのテーマパークである。

「ちっ、喰えたもんじゃねぇな。〈屍人《ゾンビ》〉に匹敵する不味さだぜ」

「しっかり食えよアドル。もしかしたらお前に適合する魔物なのかもしれないんだからな」

小竜の刺身を食べながらパーティメンバーのヴァンスが言う。

アドルはヴァンスが摘まみ上げた小竜の肉を羨ましそうに眺め、

「いいよな〈竜喰らい《ドラゴンイーター》〉は。美味しい美味しい竜の肉を食べてるだけで強くなれるんだから」

「ホントそれ。わたし、これ無理かも……」

アドルの言葉に同調したのはルース＝フルゥードゥ、アドルの幼馴染である女性だ。アドルと同様に〈粘弾液魔〉をスプーンに載せている。

「いいから喰えよ。この中で〈覚醒者《かくせいしゃ》〉じゃないの、アドルとお前だけなんだからさ」

「嫌……むりむりむりっ！　ねちょねちょしてて気色悪い！」

金色の髪を振り乱してルースは〈粘弾液魔〉を皿に戻した。

ヴァンスは呆れながらオレの皿からスライムを素手で掬い、そのまま口を付けて吸い込んだ。

「――ん、そんなに不味くなくね？」

「本気で言ってるならすげぇわお前……」

「どうだアドル、体に変化あるか？　もう300g《必要分》喰ったろ？」

アドルは拳をグーパーし、試しに魔力を掌に集めてみるが何一つ変化は起きなかった。

「……駄目だな。不適合だ」

「これで42種類目。もうこの辺に出る魔物は全部食べたな……」

落胆するアドルとヴァンス。

彼らが居る洞穴に2人分の足音が近づく。

「その様子だとまた駄目だったみたいね」

美貌の女性、セレナは言う。

隣に立つ眼鏡の少年、フィルメンは愛想笑いを浮かべ、

「気にすることありませんよアドル君、僕達はどこまでも付き合いますから」

今回も駄目か、とメンバーが落胆した時だった。

「あ、あぁ……！　うそぉ！！！」

ルースの声が洞穴に響いた。

ルース以外の４人もルースの腕を見て同様に驚いた顔をみせる。ルースの右腕は先ほどまで喰っていた〈粘弾液魔〉のようにドロドロした液体に変幻していたのだ。

「適合……したのか？」

「やったじゃねぇかルース！」

「物理攻撃を無効化する〈粘弾液魔〉とは……これはまた面白い能力が加わりましたね」

「なんにせよ、おめでとうルース」

喜ぶ一同に反して、ルースは泣きそうな表情を浮かべてアドルを見た。

「どうしようアドル。適合しちゃった……こんな気持ち悪いのと……！」

「で、でもお前の父親もたしかスライムイーターだっただろ？　よかったじゃないか、父親と一緒で」

「そうだけど……そうだけどさぁ……」

アドル、ルース、ヴァンス、セレナ、フィルメン。この５人は幼馴染であり、パーティを組んでいるメンバーだ。彼らは辺境の村、ルオゥグ村に住む特殊な部族の民であり、そして――

魔物を喰らい、その特性を吸収し自分の物にする〈魔物喰い《イビルイーター》〉である。

第二話　〝マグライ〟

〈魔物喰い〉は潜在的に決まった一種類の魔物と適合する。

適合する魔物は親から遺伝することもあれば、親とはまったく違う別の魔物と適合することもある。

例えばヴァンスは竜種と適合した〈竜喰らい〉。

竜と適合した彼は他の種類の魔物と適合することはない。ヴァンスはその身に竜の力を宿し、炎のブレスを吐くこともできるし翼を背に生やして飛ぶこともできる。

セレナは〈剛鉄喰らい《メタルイーター》〉。

体を白銀の剛鉄に変化させる魔物剛鉄操士《メタルコンダクター》に適合している。剛鉄操士の特性である体の剛鉄化はもちろん、魔力から剛鉄を作り出し壁を作ったりすることもできる。

フィルメンは〈風妖魔喰らい《シルフィーター》〉。

風を操る風妖魔《シルフ》を喰らい、風を操る魔術を会得している。

適合した魔物と同種の魔物を喰らい続ければ新たな力を得ることができる。

例えば今のヴァンスは氷のブレスを吐くことはできないが、氷のブレスを吐ける竜を喰らえば氷のブレスを会得できる。そうして適合した魔物の種《しゅ》を喰っていき、彼らは強くなっていくのだ。

「わたし、これから粘弾液魔を食べていかなきゃ駄目なの？」

とほほ……と絶望するルース。ルースと同じ悪食《あくじき》（食べるのが困難な魔物と適合した）であるセレナがルースの肩を優しく叩いた。

「気持ちはわかるわ。あたしなんてほぼほぼ鉄を食べているようなものだから」

「はっはっは！　大変だなぁ、〈剛鉄喰らい〉は」

「うっさい筋肉バカ。あんたらにあたしらの気持ちは永遠にわからないわ」

「でもそれを言うなら魔物とはいえ、人の形をしている風妖魔を相手にする〈風妖魔喰らい〉のフィルメンの方が辛《つら》いよな？」

フィルメンは歩き読みしている本を閉じ、屈託のない笑顔で、

「え？　別に辛くないですよ。結構おいしいですから、風妖魔」

フィルメンのサイコパス発言に凍り付く一同。

4人の〈魔物喰い〉らしい会話を聞いて、アドルは肩を落とした。

「悪食だろうがなんだろうが羨ましいよ、オレなんてまだ普通の一般人だからな」

「アドル君は素の状態ではこの中で一番強いんですから、焦ることないですよ。適合したらきっと、村一番強くなりますよ」

〝素の状態では〟。

フィルメンはフォローのつもりで言ったのだろう。だがその発言はアドルの焦りを加速させるものだった。

魔物の力、その恩恵は計り知れない。

素の状態ではフィルメンの言う通りアドルが一番強いかもしれない、だが魔物の力込みなら圧倒的に最下位だろう。

いくら人並みに力が強いと言っても、竜の力には敵わない。

いくら剣の扱いが上手いと言っても、剛鉄は剣では断ち切ることができない。

いくら魔法が扱えても魔法のスペシャリストである妖魔には負ける。

そして、物理攻撃が通じず、回復魔法に精通する粘弾液魔相手では倒す術《すべ》がない。

これが現実だ。アドルがこのパーティのお荷物である事実は目の背けようがない。

「おいおい、落ち込みすぎだろ」

ヴァンスはアドルと肩を組む。

「お前に運がないのは今に始まったことじゃねぇだろ？」

「そうですね。アドル君の肩に鳥のフンが落ちるのを何回見たことか」

「ぐっ……！」

ヴァンスとフィルメンは顔を合わせて笑う。

「アドルは生まれてからずっと不運属性だからねー」

とルース。

「ジャンケンでも勝ってるところ見たことないわ」

とセレナ。

アドルは「そんなことない！」と苛立ちながら全員の前を歩く。

「幸運も不運もありはしない。運なんてものは都合の良い妄想だ！　鳥のフンが肩に落ちるのも、ジャンケンで勝てないのも、俺がどの魔物にも適合しないのも、なにか理由があるはず——うわぁ!?」

話の途中で、アドルは落とし穴に落ちた。深度２ｍほどの落とし穴だ。

ヴァンス達はアドルを見下ろす。

「獲物を捕獲するための罠か？」

「いえ、普通こんなみんなが使う道に落とし穴は仕掛けないですよ」

「きっと、村のガキ共のイタズラね」

「アドル……」

ルースは哀れみの視線を向ける。

「ちくしょう……」

自分の不運属性を認めざるをえないアドルだった。

ルオゥグ村は〈魔物喰い〉が住む村である。

村全体で一つのギルドとして登録してあり、王都から依頼を仕入れては魔物討伐を中心に村全体でこなしていく。アドル達もまたその歯車の一つである。

◆

「そうか。ルースが適合したか……」

村長の家に到着した一同は床に片膝をつき、頭を下げて村長へ任務の報告をしていた。ただしセレナだけは村長の孫娘なので村長の隣に立っている。

「〈粘弾液魔〉の適合者はぬしの父親以来か……これで、ぬしらのチームで不適合者なのはアドルフォスだけだな」

ヴァンスは顔を上げて村長に提案する。

「はい、そのことですが村長。アドルは既にこの付近に居る魔物を喰いつくしています。アドルに適合する魔物を探すためにも指定区域より外に出てはダメでしょうか？」

村長は蓄えた白い髭を撫で、

「それはならぬ。我々は〈レフ火山〉より先に行ってはならない。それが騎士団との約束だ」

「なぜです！」

「騎士団……いや、王国に住む人間は我々を恐れているのだ。だから我々をこの地に縛り付けている。知っておろう……我らが王都の連中に何と呼ばれておるか」

ヴァンスは歯をギリッと軋ませた。


「――魔物〈マグライ〉。魔を喰らう獣」


村長の言葉に対し、アドルは声を荒らげる。

「オレは、オレ達は……人です！」

地面に向かってそう言い放ったアドルに、パーティメンバーは笑みを浮かべた。

「その通り。ワシらは決して魔物ではない。だからこそ理《ことわり》を乱してはならぬのだ。人らしく、人らしくルールを守らなくては……魔族の勢力は未だに広がり続けておる。もし王都に魔族の手が伸びればワシらに頼らざるを得なくなるだろう。それまで待つんだ」

ガタン！

玄関扉が勢いよく開けられた。

村長の家に飛び込んできた男は「村長！」とアドル達の間を縫って村長の正面に膝をついた。

「なにごとだ？」

「〈レフ火山〉に〈ロック鳥〉を確認！ まっすぐこちらへ向かっております！」

〈ロック鳥〉、全長8～10ｍはある巨鳥、魔物である。

人の居ない土地を好み、海ではねやすめする習性から生息地は主に無人島。

ルオゥグ村の周辺で確認することはまずない魔物である。

「文献でしか見たことがないが、その強さはドラゴンを凌ぐという。村に居る手練《てだ》れを総動員し撃退する」

「は！」

報告に来た男はすぐさま外に出て仲間を集めに行った。

アドルは床に付けた拳に力を込める。

（〈ロック鳥〉……まだ喰ったことの無いレア種だ。ここを逃せば一生出会えないかもしれない。うちの村の長い歴史でも〈ロック鳥〉の適合者は居ないが、オレが適合する可能性はゼロじゃない！ ――行きたい。オレも戦線に加わっておこぼれを貰いたい。だけど……）

アドルは隣に居るルースを見る。

（〈ロック鳥〉の強さは未知数。しかもルースはまだ適合して間もない、戦闘は危険だ。それに足手まといのオレがワガママを言うわけには……）

ヴァンスが前に出て主張する。

「村長！ 俺らも戦線に加わります！」

「なっ!?」

「〈ロック鳥〉はアドルに適合する可能性がある。捨ておくことはできない」

アドルの心配を他所《よそ》に、ヴァンスは胸を張って主張する。

「フィルメンは〈風妖魔喰らい〉。風の魔法で空から奴を引きずり下ろすことができます。もし失敗しても俺は空も戦えますから戦力になります、ヤバそうな攻撃はセレナの剛鉄で防ぐこともできる」

「しかし〈ロック鳥〉はドラゴンを凌ぐとの噂もある。ぬしらの力では……」

「村長、僕からもお願いします」

「フィルメン……」

「おじいちゃん、あたしからもお願い」

孫娘、セレナの上目遣いで村長の表情が変化した。

魔性の女……セレナは自分の容姿や立場の使いどころを心得ている。

「むぅ……確かにぬしらの潜在能力は村一番だ。全てを砕く竜に、全てを防ぐ剛鉄、風を操りし妖魔に変幻自在のスライム」

村長はアドルに視線を落とす。

「さらに伸びしろを一つ残しておる。いいだろう。許可する」

〈ロック鳥〉は危険な存在、なのに彼らはアドルのために危険を顧みず参加表明をした。

アドルは仲間に恵まれたことを確認し、泣きそうになる感情を抑えた。

「わたしも行くよ」

「いいのか？　ルース……」

「うん。昔、約束したでしょ？　アドルは絶対にわたしが守るってね」

「……情けないが、頼むよ」

村長からの報酬はお預けとし、アドル達は〈ロック鳥〉討伐任務へと旅立った。

第三話　〝ロック鳥〟

岩と砂しかない岩石地帯。〈レフ火山〉周辺はずっとこの景色が続く。

先頭を歩くヴァンスは汗一つかいていないが、他のメンバー……特にルースとセレナの紅二点は汗で服を濡らしていた。

「おいおい、だらしないぞお前ら」

「うっさい……あたし、熱だけはダメなのよ……」

アドルは「あぁ、そうか」と納得する。

「魔法にも強い剛鉄とはいえ、熱だけは耐性ないんだっけか」

「あの筋肉バカは……竜だから耐性付いてるだろうけど、剛鉄であるあたしや……あとスライムであるルースは溶けちゃうのよ」

「わたし、暑いの別に平気だったのに……〈粘弾液魔喰らい〉になったせいで、あっついの、むりい……」

アドルは「大変そうだな」と呟いて目を逸らし、隣で涼し気に歩くフィルメンの方を向いた。

「お前は平気そうだな。別に耐性があるわけじゃないだろ？」

「適度に風を発生させて涼んでますから。それに……」

フィルメンはジトーッと女性陣を見て、小声でアドルに呟く。

「……物は考えようです。見てくださいアドル君、汗で服が透けて透け透けですよ」

「お、お前なぁ……パーティメンバーが苦しんでいる時に、なんてことを考えるんだ！」

——と言いつつアドルはチラッと視線を女性陣に戻す。

ルースとセレナは村でトップツーの美人だ。ルースは白い肌と金色のセミロング、柔らかい体つきで妙な抱擁感があり静かな色気がある。

逆にセレナは紺色の長髪で筋肉質、しかしそれが逆に女性らしい部分を強調する。露出度の高い恰好とキツい目つきが村の変態達を誘惑するのだ。

その2人の頬は暑さから赤く染まり、汗で服は透けて下着がうっすらと見える。

アドルは思わず鼻の下を伸ばした。

「同志よ。お前らも気づいたか」

「当然です」

「こりゃ、不可抗力だよな……」

瞬間、地面から生えた白銀の剛鉄が男衆の股間をそれぞれ突き上げた。

『いぎっ！！？』

会心の一撃、いや痛恨の一撃と言うべきか。男達は股間を押さえてその場に崩れ落ちた。

地面に右拳を当て、剛鉄を発生させたセレナは糞を見る目で男衆を見下ろす。

「気色悪い視線向けないでくれるかしら……！　ただでさえ暑さでイライラしてるんだからさあ！」

「それにしても、居ないね。〈ロック鳥〉……」

「信号弾も上がってないからまだどのチームも見つけてないみたいね……本当に居るのかしら」

ピク、とヴァンスは鼻を揺らした。

「立てお前ら！　血の匂いがする！！！」

竜の優れた嗅覚。

ヴァンスは近くに血の匂いを嗅ぎ取ったものの、正確な位置を摑めずにいた。

「どこだヴァンス、どこから来る！」

「空じゃない……こいつは——地面《した》だ！！！」

フィルメンは地面に掌を向けた。

「〝旋風陣《ヴォンセルクル》〟！！！」

地面が炸裂し、巨大な鳥が飛び出た。

ヴァンスは竜の翼で空へ回避し、他はフィルメンが強引に風魔法で散らして攻撃を躱《かわ》した。

「鳥の癖に地面に隠れるとはな……！」

〈ロック鳥〉、大きさは約10ｍ。赤い瞳と茶色い毛並み、毛の一本一本が逆立っており異質な威圧感を放っている。

ヴァンスは腕と口元も竜に変化させ、ロック鳥と空中で真っ向から睨み合う。

「自信が無いのか？　空中戦によぉ！！！」

剝き出しの巨牙。

背中から生えた大翼。

半人半竜となり、ヴァンスは〈ロック鳥〉に襲い掛かる。


『ガァアアアアッ！！！』

ぶつかり合う竜と巨鳥。

「〝加重旋風陣《ヴォングラヴィテ》〟！！！」

フィルメンはロック鳥の上から風で負荷を掛けるがロック鳥は動きを鈍らせるだけで高度を落とすことは無かった。

「駄目です！　空から落とすことはできません！」

「それじゃあたし達が絡めないじゃない！」

いくら竜の力を扱えるヴァンスでも空中戦はロック鳥に分がある様子だ。

飛行能力そのものに差は無いように見える。問題は経験の差、その人生の全てで翼を扱った生物と精々数年しか翼を扱っていない生物とでは経験値が大きく異なる。空中戦の行方を左右したのは空への〝慣れ〟だった。

「くそったれ……！」

『グググググ────ガァアアアアアアアアッッ！！！！！』

──〝まずい〟

押され気味のヴァンスを見てアドルは剣を抜き、走り出した。

「ちょ、アドル！！？」

「アドル君!?」

「セレナ！　剛鉄で足場を作ってくれ！　フィルメンは風魔法でオレの剣の切れ味を強化するんだ！」

化物の戦いに人間《アドル》は介入する。

「もうっ、世話の焼ける！　──〝剛鉄乱塔立《アルジェントラトゥール》〟ッ！」

足元からせり上がってくる剛鉄の塔。

セレナは次々と剛鉄の塔、足場を作り出し、アドルは塔を飛び移っていく。

「まったくです。──〝旋風付与《ヴォンラマセ》〟ッ!!」

そして塔の高度がロック鳥の飛行高度にたどり着いたところでアドルの剣に風の加護が付いた。

アドルはロック鳥に向けて飛び出し、剣を振り上げる。

（退くな、進め。弱いくせにビビってどうするっ！）

『ガアアアアアアアアアアアッ！！！！』

ロック鳥の顔がぐるんと回り、アドルの方を向いた。

「――あ」

アドルに気づき、アドルに向けて翼を振るうロック鳥。

死んだ。そう直感したアドルだったが、後ろからヌメリとした何かに掴まれ、最後の足場の剛鉄塔に引き戻された。

「アドルッ！」

アドルを引っ張ったのはルースの液状になった伸びた腕、粘弾液魔となった緑色の腕だった。

「もっかい！」

ルースの言葉でアドルは再び飛び出し、攻撃の後で隙を見せた〈ロック鳥〉の瞳に向けて突きを繰り出す。

「くらい、やがれえええええええぇぇぇぇぇっ！！！」

アドルの突きがロック鳥の右眼を貫く。

『グ、キヤアアアアアアアアアッ！！！？』

悲鳴を上げ、態勢を崩すロック鳥。

アドルは突きを放ったあと自由落下するが、落ちる途中でフィルメンの風がクッションを作りアドルを受け止めた。

「さっすが俺の大親友、後は任せな！！！」

態勢を崩したロック鳥に竜のかぎ爪による16連撃が炸裂する。

最後に思い切り拳を打ち付け、ヴァンスは巨鳥を叩き落とした。

「締めだ！　――セレナ、窯を作れ！！！」

「命令するな！」

ロック鳥が落下した瞬間、ロック鳥を囲むように剛鉄の壁が作られた。

剛鉄の窯。それは熱を一時的に閉じ込め、爆発させるための物。

剛鉄の窯に向け、ヴァンスは口元に火球を作る。

「〈業炎砲火《ドラゴーネ・アニマ》〉！！！」

吐き出される炎のブレス。

『ギイイイィィィアアアアアアアアアアアアッ！！！！』

剛鉄で囲まれているためブレスの射線上から逃げられず、ロック鳥は全身に炎を浴びる。

炎は剛鉄を薪に熱量を増し、ロック鳥を蒸し焼きにした。

「丸焼きだな」

地面に降りたったヴァンスがアドルの背中を叩く。

「無茶するぜ、お前はよぉ！」

「あー、死ぬかと思った」

アドルはルースに視線を送り、

「ありがとなルース、助かった」

ルースはムスッと頬を膨らませ、小さな拳で柔らかいジャブをアドルの頬に当てる。

「もう、気を付けてよね！　いつだって助けられるわけじゃないんだからぁ！」

「わ、悪い……」

「確かに、アドルはもう少し自重するべきね。ま、愚直な男は嫌いじゃないけど」

「2人共、アドル君を責めるのはそれぐらいにしてロック鳥の解体をはじめましょう」

その後、フィルメンの風魔法で〈ロック鳥〉の羽を毟《むし》り、ヴァンスのかぎ爪で肉を切り取った後
ルースとエレナが調理を始める。

「できたよ、アドル」

「お、おう」

全員の協力の下ロック鳥の骨付き肉が完成する。

ゴクリ、と息を呑む一同。妙な緊張感が辺りを包む。

骨付き肉に魔椒《ましょう》と呼ばれるピリ辛の調味料をかけて、アドルはかぶりついた。

――結果、アドルの体に変化はなかった。

第四話　〝そういうとこ嫌い〟

アドル達は他の村の住民を呼び、余った〈ロック鳥〉の部位を預けた。この預けた部位は後に未覚醒者に食べさせることとなる。

「お前ら、よく〈ロック鳥〉を仕留めたな！」

ルオゥグ村の戦士長アギトがヴァンスの肩を叩く。

「今日はコイツを肴《さかな》に祭りだ！　遅くならない内に帰って来いよ！」

「うす！」

ヴァンスはアギトに頭を下げ、アドルの下へ歩み寄る。

「ここまでくるとマジで気になるぜ、アドルの適合魔物がなんなのか」

「もしかして幻想種とか？　天馬とか不死鳥とか」

「さすがにそれはないでしょう。前例がありませんし」

「アドル、顔色悪いけど大丈夫？」

「あぁ、問題ない」

アドルは申し訳なさそうに顔を伏せた。

ここまで付き合ってくれた仲間達に応えられない自分が情けなかった。

光の見えないトンネルを歩いているような感覚。本当に自分は〈魔物喰い〉なのかもわからなくなっていた。

「なんで、どうしてオレだけ……！」

そんなアドルを仲間達は無言で見守る。余計な慰めは逆効果だとわかっていたからだ。

陽が落ちはじめ、他の村民達が撤退したのを見てヴァンスは立ち上がる。

「そろそろ帰るぞ。もうすぐ夜に――」

ピク、とヴァンスの鼻が揺れる。

「どうしたの、ヴァンス？」

ルースが聞くとヴァンスは険しい顔をして〈レフ火山〉の方を見た。

「火山の方から嫌な匂いがする」

「血の匂いですか？」

「ああ。だが〈ロック鳥〉の時よりタチの悪い血の匂いだ。腐臭と薬品の匂いが混ざってやがる」

「新手の魔物かしら」

「……」

「だとしたら村に被害が加わる前に確認しておいた方がいいかもしれませんね」

その時、ヴァンスの耳に人間の悲鳴が飛び込んだ。

「悲鳴だ！　この響き方……火口だ、間違いない！　――どうする、アドル！」

アドルは首を振り、マイナスの思考を振り切って立ち上がる。

「……行こう」

一同は目を合わせ頷き、火口へ足を向けた。

◆

――〈レフ火山・火口〉。


マグマの溜まり場を中心に岩石の足場が広がるその場所に鎧を着た者達が居た。

アドル達は岩陰に隠れ、フィルメンの風魔法で光度を調節し体を背景に溶け込ませる。

「ありゃ、騎士団か？」

「どうして騎士団がこんなところに居るの？」

「それは、今からわかるでしょう」

セレナは騎士団の顔を次々と観察し、先頭の２人を見て目を細めた。

「あれはたしか……」

アドルがセレナに「知ってるのか？」と問うと、セレナは頷き、

「ええ。一度おじいちゃんと話してるのを見たことがある。一番前に立っている青髪ロングの男が王国騎士団団長〈サーウルス〉、その後ろに居るドレスローブを着た男が副団長の〈ボロス〉。騎士団のトップツーよ」

「女みたいな服着てるけど男なのか、アイツ」

「サーウルス……」

アドルはサーウルスという男を見て嫌なオーラを感じ取った。

甘いマスクに清潔感のある身なり、腰には錆びた剣を差している。翻る高尚なマントは彼の自信の高さを表していた。

「なんだ……」

アドルは錆びた剣を注視する。

豪勢な衣服に反しておんぼろな剣。刃は欠けていないようだが、刃全体が焦げているように見えるほど焦げ茶色に変色している。

「なんだ？　あの錆び切った剣は……」

「おい、騎士団員以外にも人が居るぞ……」

騎士団員に連れられて、サーウルスの前に1人の女性が現れた。

その女性の首には首輪が、腕には手錠が掛けられている。女性はドレスに身を包んでおり、その

立ち姿から高貴な身分であることは田舎者のアドル達にもわかった。

「無礼者！　こんなことをしてタダで済むとは思うなよ！　サーウルス！！！」

「申し訳ございません姫様、貴方が居ると我々に色々と不都合なのです」

サーウルスはドレスの首根っこを掴み、女性をマグマの上空に晒した。

それを見て反射的にアドルとヴァンスは動こうとするが、その動きをセレナとフィルメンが止めた。

「――どうして止める！　セレナ!!」

「そうだぜ！　今止めないとあの女性が……」

「……なに考えてるの!?　相手は騎士団、ここで動けば私達の立場がなくなるでしょ！」

「……セレナさんの言う通りです。ここは何も見なかったことにして退きましょう！　明らかにヤバいことをしている！」

4人が揉めている間に姫様と呼ばれた女性はマグマの海に落とされた。

唖然とするアドルとヴァンスをセレナは岩陰に引き戻す。

「これで軍事予算の拡大に異議を唱える者達は始末した。後はこの罪を奴らに擦《なす》り付けるだけ……手続きは任せたぞ、ボロス」

「はぁ～い、団長。アタシに任せてっちょ」

――ほんの一瞬だった。

一瞬、帰り際、チラリとサーウルスが辺りを見渡した。

ただの警戒、アドル達に気づいたわけじゃない。

その見渡しの最中でアドル達が隠れている岩陰も視界の端に入った。ただそれだけなのに、アドルとヴァンスとセレナ、武人として特に相手を測る能力に長《た》けている3人は深く恐怖した。

(レベル、次元、生物としての性能が違う――)

(こんな奴がこの世界に居るのか……!)

(パーティ全員でかかっても負ける。今ならよくわかる、おじいちゃんが騎士団に逆らわない、逆らえない理由が……)

引き上げていく騎士団。

緊張から解放された面々は地面の熱さも忘れてその場に尻をつけた。

「フィルメンの言う通りだ。忘れよう、今日見たことは全部」

アドルの言葉にヴァンスが同意する。

「アレは関わるべきじゃないな」

ルースは首を傾げる。

「でもどうして騎士団の人達はここであんなことを……多分、今のって暗殺みたいなことだよね」

「マグマに落とせば死体は残りませんから、都合が良かっただけではないでしょうか」

「でも火山なら王都に近い所にもう一つあるでしょ？　わざわざここまで来る必要ある？」

アドルとフィルメンは「確かに」と考える。

「ここなら人気《ひとけ》がないと思ったんじゃねぇか？　王都に近ければその分、人目につく可能性も増える」

「いや、オレもちょっと引っかかるな。あの大人数でここまで来るのは大変だろう。人目につかない程度の理由でここを選ぶのはなんか――」

パチン！

アドルの言葉をセレナが手拍子で遮った。

「はい、ここまで。今日見たことは忘れるって決めたでしょ？」

アドルは頷く。

「――そうだな。考えても答えは見つからない、か」

ルースは「あ！」と声を上げ、

「そういえば祭りやるんだよね？　早く帰らないとご馳走がなくなっちゃう！」

「そうだった！　やべぇ、早く帰んねぇと！　フィルメン、風で俺らを運んでくれ！」

「はいはい、わかりましたよ」

アドル達は全てを見なかったことにして、その場を去った。

◆

――その夜。

火口での出来事は隠し、アドル達は村長に〈ロック鳥〉討伐の報告をしてスライム討伐分も含めて報酬を貰った。

アドルは宴で騒ぐ村民を肴に、1人村はずれの自宅の屋根の上で甘酒を飲む。

「……。」

「どうしたの？　黄昏《たそがれ》ちゃって」

はしごに足を掛けたままルースが問う。

ルースははしごを登り切り、屋根に足を踏み入れた。

「失恋でもした？」

「ある意味そうだな。振られてばっかりだオレは」

「――慰めてあげよっか？」

「冗談でもそういう事言うなよな……」

「冗談にマジに答えないでよ」

ルースはアドルの隣に腰掛ける。

アドルはルースが手に持っている、古びた分厚い本に気づく。

「なんだ、その本？」

「この村の歴史を記した本だよ。お父さんの部屋にあったんだ」

ルースの父親は四年前に失踪している。

その原因は不明、ルースの12歳の誕生日に村から外へ出てそれっきりだ。ルースは父親がいなくなってからずっと、父の行方を捜している。

「それ、親父さんの行方の手掛かりになりそうか？」

「全然関係なさそう。でも面白い話が載ってたよ。知ってる？〈万物を喰らう者《ラスト・イーター》〉って」

「いいや、聞いたことないな」

「昔、この〈ルオウグ村〉に居たんだってさ。多くの種類の魔物の力を持つ〈魔物喰い〉が……」

〈魔物喰い〉が吸収できる魔物は一種類のみだ。

そのルールが破られたことは記録上無い。

そのことをよく知っているアドルは微笑し、「おとぎ話だな」と吐き捨てた。

「その〈魔物喰い〉もね、アドルと同じように長い間不適合者だったんだってさ。でもある日、魔物の群れが〈ルオウグ村〉を襲ったの。多くの〈魔物喰い〉が魔物に喰われ、村は滅亡の危機に瀕した。その時、彼は〈魔物喰い〉の力に突然目覚めた。

――鳥の羽と竜の羽を持ち、あらゆる妖魔の力を結集させた力で彼は魔物達を滅ぼした。彼は村民に英雄として讃えられ、そして〈万物を喰らう者〉と呼ばれるようになった」

「ロマンのある話だな」

「そうだね。でも、この話――深読みすると……」

ルースは目を伏せた。

アドルはハテナマークを頭に浮かべる。

「どうした？」

「ううん！　なんでもない。ねぇアドル、アドルはさ……ずっとこの村に居るの？」

「いいや、いつかは世界中を旅したいと思ってるよ。って、何度も言わなかったっけ？」

「そっか。そうだよね……」

「お前は嫌か？」

「え？」

「ここを離れるの、嫌か？」

ルースは問われて、少し考えこんだあと頷いた。

「わたしはずっと、アドルと、みんなと居られればそれでいい。安全な場所で……ここで、ずっと……」

「そっか。ならオレはずっとこの村に居るよ」

「――――えぇ!?　ど、どうして？」

「だってオレも、お前とは離れたくない。お前がここに残るならオレも残るさ。無理に旅に付き合わせるのも嫌だしな。夢よりもお前が大事だ」

ルースは顔を真っ赤に染め、アドルに背を向けた。

アドルの発言は捉えようによっては告白同然である。だがアドルにその自覚は無い。

アドルにとって今の発言は幼馴染に向けたものであって、それ以上でもそれ以下でもないからだ。

「わたし、アドルのそういうとこ嫌い」

「はぁ？　どういうとこだよ？」

「そういうとこだよ！　もう帰る！　おやすみ！！！」

ベーッと舌を出し、ルースは屋根から飛び降りた。

アドルは頭を掻いて「なんだアイツ……」と甘酒を口にした。

第五話　〝災いの予兆〟

部屋で眠るアドルを起こしたのは地面を鳴らすブーツの音だった。

「――なんだ？」

体を起こし、家の外に出る。

状況を確認しようと足を踏み出した時、肩を強い力で掴まれた。ぜぇぜぇと息を切らし、ヴァンスが「大変だ」と話を切り出す。

「騎士団が来た。昨日、俺達が見た連中だ！」

アドルは青髪の男サーウルスを思い出し、背中をビクッと揺らした。

（アイツが……！）

アドルはすぐさま支度をし、ヴァンスと共に村長宅に向かった。

「お久しぶりでございます。サーウルス様」

「ご機嫌いかがかな、ライズ村長」

アドルとヴァンスは物陰に隠れ、２人の会話を盗み聞く。

「しかし一体何用で？」

「昨日、〈レフ火山〉に近づいた者が居たか聞きたい」

ピキン、と心臓が凍る。

――〝昨日、あの場所に居たことがバレたか!?〟

一抹の不安が2人に過る。

「いえ、その直前にある岩石地帯でとある魔物は狩りましたが、レフ火山に登った者は居ません」

「そうか。なら良い……」

アドルとヴァンスがジッと身構えた、その時――

「盗み聞きは感心しないわね、坊ちゃん達」

『！！？』

背後から艶やかな男声が聞こえた。

アドルとヴァンスは反射的に背後の男から距離を取り、その姿を表に晒した。

(コイツは確か――)

(副団長のボロス！)

アドルとヴァンスの背後を挟み撃ちの形にしてサーウルスが近づく。

「なにごとだ、ボロス」

「いやねぇ、この2人が団長の会話を盗み聞きしてたのよ」

「――ほう」

その時、アドルとサーウルスは初めて目を合わせた。

冷たい、殺意に満ちた瞳。

アドルは暑くもないのに大量の汗を流し、しかし目は逸らせずにいた。

「私の名はサーウルス＝ロッソ、君の名を問おうか」

「アドルフォス＝イーター……です」

「適合している魔物は？」

「居ません」

「不適合者か。確かこの村では10歳までに大量の魔物を喰らわせ、覚醒させる風習があると聞いた。それを受けても尚、不適合者の人間は珍しいとな。君はレアだ、珍しい人間……珍しい魔物と適合する可能性があるというわけか。――楽しみだな」

サーウルスはアドルの腰に差された剣を見る。

「剣士か。どうだろう、アドルフォス君……私と手合わせしてみないか？」

「はい？」

サーウルスは自分の腰から錆びた剣を引き抜く。

「今日は任務が無くてね、体が鈍ってるんだ。付き合ってくれるとありがたいな」

「あらあら、団長と手合わせ《ダンス》できるなんて羨ましいわね」

アドルはサーウルスの考えていることがわからなかった。

なにかの探りか、それとも純粋に手合わせしたいだけなのか。

サーウルスの表情は変わらず薄っぺらい笑顔のままだ。

「やめとけアドル、きな臭いぜ……」

「――悪いヴァンス。オレ、戦ってみたい。この人と……」

アドルは剣を引き抜いた。

「おいアドル！」

「そうこなくてはな」

アドルとサーウルスは前に出る。

「いいんですか、そんな錆びた剣で」

「ハンデというものさ」

「顔に傷付いても文句言わないでくださいよ」

「無用な心配だな」

「――そうかよ！！！」

アドルは地面からすくい上げるように剣を振り上げた。剣先に積まれた砂がサーウルスに降りかかる。

「目潰しね……その程度団長が避けられないはず――」

「むっ」

サーウルスは横に飛び砂を回避、しかし続く足払いには反応できなかった。

砂で意識を上に向けさせ、足を掬う。一切の無駄のない上下のコンビネーション。

「やるわねあの子、でも……」

くるぶしを蹴られ右足の支えを失うサーウルス、アドルは剣を引き、突きを繰り出す。

必中。この勝負を見ている村民全員がそう思った。だが、

「なっ!?」

繰り出した突きはサーウルスの右手人差し指と中指に挟み止められた。

「良い腕だ。だが――」

ゴッ！！！

錆びた剣の柄頭がアドルのみぞおちを穿つ。

「がは――！！！？」

「残念だが、これが君の限界のようだな」

たった一撃で、アドルの全身から力が抜けた。

「アドル！」

膝から崩れ落ちるアドルをヴァンスが支える。

「言っておくが、今の戦闘において私は特別なことはしていない。君と同じ条件で、君と同じ土俵

で戦った。――その結果がこれだ」

アドルは残った力で首の筋肉を動かし、顔を上げる。

「恐るるに足らず。君の中に得体の知れない気配を感じた気がしたが、気のせいだったようだ。帰るぞボロス、用は済んだ」

「はぁい、だんちょ♡」

サーウルスはアドルを見下ろし、侮蔑の視線を送ったあと歩き出した。

アドルは立ち上がれず、ただサーウルスの背中を見送ることしかできなかった。

――〝ちくしょう〟。

圧倒的な差、自分と同じただの人間に敗北したという事実。

惨めさだけが心に残った。

◆

次の日。

何事も無く、アドル達パーティメンバーは任務に出る。ドラゴンの討伐任務だ。

新しくスライムの特性を持ったルースを戦略に組み入れ、それぞれの特性を活かした連係で鮮やかにモンスターを倒していくパーティメンバー。

そこにアドルが介入する余地はなく、ただ見守ることしかできなかった。

「いやー、今回は何事もなく終わったな！」

「ルースさんとセレナさんの連係がうまく嵌りましたね」

「今まで応用力に欠けたあたしの剛鉄だったけど、ルースのスライムを混ぜ合わせたら一気にやれることが増えたね」

「うん。わたしの……というか、スライムの強みはこの触れた物体に自分の魔力を混ぜて柔らかくさせる〝軟化〟みたいだね。もっと上手く使えれば連係の幅が広がるんだけど……アドルはどう思う？　わたしの能力」

アドルは隈のできた顔でチラッとパーティメンバーの方を見た後、立ち止まった。

「なぁ、オレってこのパーティに必要か？」

ずっと、抑え込んでいた言葉を吐き出す。

「な、なに言ってるの？　アドル」

「今日なんて、オレがやったの荷物運びぐらいだろ」

「おいおいおい……」

ヴァンスはアドルの背中を叩き、

「どうしたんだ親友。ナイーブなお年頃か？」

「――はっきり言ってくれよ。お前なんかいらねぇってな」

セレナがアドルの肩を摑む。

「ちょっとアドル、なにを言ってるの？」

「……もう限界だ。ただ仲間が成長する姿を見るのも、自分が置いて行かれていく毎日を過ごすのも。お前らが雑魚みたいに倒している魔物だって、オレからすれば強敵なんだよ。レベルが違うんだ。一緒に居るべきじゃないっ！」

「あ、アドル君ッ！」

「オレは、このパーティを辞め――」

ゴッ!!

アドルの頰に竜の鱗を纏った鉄拳が繰り出される。

アドルは数メートル吹っ飛び倒れこんだ。

「ちっ！　なにしやがる!!」

「お前こそなにを言おうとした！！！」

自分の怒声の3倍の声で返されアドルは言葉を引っ込めた。

ヴァンスはアドルに近づき、その胸倉を摑み上げた。

「お前が思ってる通り、足手まといだよお前なんか……そんなのみんなわかってる！　だけど、みんなお前のためにレアなモンスターを狩りに行ってる。危険だとわかっていても、たとえ割に合わなくてもお前のために命張ってるんだ！　お前に、期待してるからな！！！」

「……っ!?」

「俺やセレナ、フィルメンもルースも、友情とかそんだけの気持ちで動いてるわけじゃない。アドルフォス＝イーターが、このすげぇ男が魔物の力を得たら誰よりも強くなるってわかってるから協力してるんだ。ここに居る全員、利益があるからお前とチームを組んでいるんだ」

セレナ、フィルメンが笑って頷く。

「お前が魔物の特性を調べて、アドバイスしてくれたから俺らは扱いの難しい魔物の力をコントロールできるようになった。俺達が魔物の力に振り回されていた時、危険を顧みず助けてくれたのはいつもお前だった。魔力の扱い、知識量、決断力。体の動かし方も武器の扱いも全部お前が教えてくれた。誰だって期待しちまうさ、アドルフォスって男にな」

優しい仲間の声、その声に縋れば楽になる。


だがアドルは昨日の完敗を思い出し、俯いた。

「過大評価だ。現にオレは、あの騎士団長様に成す術《すべ》なくやられた！」

「俺がアイツとやったら一撃も入れられねぇ。でもお前はケリを一発くらわしただろ。あの時、あの足払いにもし、魔物の胆力が加わっていたら勝負はわからなかった……」

ヴァンスは胸倉を放し、アドルの両肩に手を乗せ笑いかける。

「お前は自分を過小評価し過ぎだぜ。アドルって男はな、お前が考えてるよりよっぽど強い人間だよ」

「ですね。アドル君が居なければ僕達はこんなにも強くなれていません」

「アンタはさー、深く考えすぎ！　必要だからアンタとパーティ組んでるに決まってるじゃない！」

「だってさ。アドル、なにか文句ある？」

笑う仲間達。

アドルは涙を堪《こら》え、震えた声を絞り出す。

「悪かった。ごめん、みんな……今のは忘れてくれ――」

ゴォオンッ！！！！

全てを壊す爆音が、村の方から響いた。

幕間 〝騎士団長の独白〟

「やめておけサーウルス。復讐心で動けば身を滅ぼすぞ」

別れ際、兄弟子はそう言ってきた。

「兄弟子、貴方は凄い方だ。だが——やり方が生ぬるい。このままじゃ、再生者を全て封じるなど不可能。私は私の兵隊を作り上げ、私のやり方で再生者を封じてみせます」

「サーウルス！」

「兄弟子。そう甘くては、いずれ……邪悪なる者に足を掬われますよ」

そう言って、私は兄弟子と別れた。

魔に連《つら》なる者は全て殺す。

それが私の流儀だ。

魔物《まもの》、魔人《まじん》、人魔《ジンマ》、魔帝《まてい》。そして——再生者。

全てを殺しつくすまで、私は死ぬことができない。

いつからだろう、魔物がこれほど憎くなったのは。

母親が魔物に喰い殺された時か？

師が魔帝に刺殺された時か？

それとも部下が皆殺しにされた時だったか。

それとも妻と子が――

理由なんてどうでもいいか。

魔物は絶対に殺す。それが正義の道だ。

別大陸に渡り、私と同じ思想を持つ王に巡り会えた。そして王のもとにつき、王都の親衛隊に配属され、すぐに奴らの存在を知った。

魔物〝魔喰《まぐ》らい〟。魔物を喰らい、その能力を身に付ける魔物。

許せる存在では無かった。

魔物の癖に人の皮を被り、人のように暮らしている。

私が王国騎士団長に任命された際には必ず滅ぼす。そう誓った。

王国に来て、暫《しばら》く経った時、私は1匹の魔喰らいに会った。

誕生日を迎える娘のために、ぬいぐるみを買いに来た。そうのたまっていた。

奴は〈粘弾液魔喰らい〉だった。粘弾液魔の力をその身に宿していた。

その時、私はふと、王から頂戴した錆びた剣を思い出した。

「サーウルスよ、貴殿にこの剣を託そう。遥か昔、原初の封印術師が使っていた剣だ」

「これが……ですか？」

「ああ。きっと役に立つ」

〈万物を殺す剣《クラウ・ソラス》〉。

錆びた剣の状態で斬り殺した魔物の情報を取り込み、その魔物を殺すのに最適な形を学習することができる。竜を殺せば竜殺しの形を、粘弾液魔を殺せば粘弾液魔に特効のある形状を学び、形を変えることができる。

だがこの剣には明確な弱点があった。それはスライムやメタルコンダクターのように錆びた剣ではどうやっても殺せない高防御力・物理無効の属性を持った魔物だ。

だけどもし、〝魔喰らい〟を通してそれらの魔物の情報を取り込めたら……。

〝魔喰らい〟は常に魔物の能力を使っているわけじゃない。〈粘弾液魔喰らい〉とは言え、常に液状化しているわけじゃないのだ。生身の時、魔物の力を使っていない時ならば錆びた剣でも殺せる。

その考えが巡った瞬間、私は秘密裏に奴を拉致し、自宅に監禁した。

そして拷問の限りを尽くし、魔喰らいの情報を全て吐かせた後、錆びた剣でとどめを刺した。

――〈万物を殺す剣〉は粘弾液魔殺しの形を得た。

魔喰らいを通せばどんな魔物の情報も取り込める。

奴らは利用できる。奴らは糧になる。

もう少し泳がせ、数が増えたところで皆殺しにしてやる。

年月は積み重なり、私は騎士団長となった。

そして私は魔喰らいの里の管理を始めた。珍しい種類の軟体・鋼体魔物を奴らの村の周辺に放ち、喰わせる。それを繰り返して適合者を増やしていく。

頃合いだ。

騎士団への資金を渋る屑共が居る。奴らを暗殺し、その罪を魔喰らいに文字通り喰わせてやろう。

そしてこの剣で、情報を喰いつくす。

魔喰らい、お前らは餌だ。

私が魔物を滅ぼすための餌だ。

聞くところによると、奴らは自分達を人間だとのたまっていたらしい。

――愚かなり。

この剣で例の〈粘弾液魔喰らい〉の情報を吸収した瞬間に結論は出ている。

お前らは正真正銘、魔物なのだよ。

皆殺しにしてやろう。

サーウルス＝ロッソの名に懸けて。

第六話 〝駆除〟

「なんだ……今の音!?」

アドルは音の鳴った方向……〈ルオゥグ村〉に反射的に走り出した。

アドルに続いて仲間達も走り出す。

「村の方から煙が上がっています！」

「くそ！　俺が空から先に行って確かめてくる！」

「駄目だヴァンス！　空を飛べば的《まと》になる恐れがある。侵略されている可能性を考慮しろ！　敵が居ることを想定して、冷静に行動するんだ！」

黒煙は次々と上がっていく。

アドルはもう村の状態が何となくわかってしまっていた。それでも、僅かな希望を持って〈ルオゥグ村〉にたどり着いたが……、

「そんな……わたし達の村が――」

目に映る死体、壊滅した村。

知人、友人、家族。セレナの祖父、この村の村長の死体はわかりやすく村の中心に四肢を分解して磔《はりつけ》にしてあった。

「お、おじいちゃん……」

魔物を殺す時、必ず行《おこな》うことがある。それは首を斬ること、頭（脳）を潰すこと、そして心臓を穿つことだ。三つの急所を破壊することで確実に魔物を殺す。

〈ルオゥグ村〉の住民の死体には全《まった》く同じことがやられていた。

人の殺し方ではない。侮蔑を孕んだ、尊敬の意が一切ない……そんな無残で醜い殺され方をされていた。磔にされ、服を剝かれた後、串刺しにされた首なしの死体が並んでいた。

「ひ、ひどい……」

「あんまりです……こんなの——」

惨状を前にして意気消沈し、同時に怒りがこみ上げる一同。

その中で、真っ先に声を荒らげそうなヴァンスが、静かに構えていた。

「アドル、みんなを連れて逃げろ！」

「は？　どうしたいきなり——」

こつ、こつ、と2人分の足音が聞こえる。

その足音に続くよう無数の音が聞こえてくる。

磔にされた村民の間を縫って、奴らは現れた。

王都騎士団団長サーウルス。

副団長ボロス。

彼らが率いる騎士団だ。

「1日振りだね。アドルフォス君」

「サーウルス……！」

「テメェがやったのか、騎士団長さんよぉ！」

竜の牙をむき出しにしてサーウルスを威嚇するヴァンス。

「醜い。いやねぇ……これだから魔族は」

「魔物風情に説明するのも面倒だが、仕方あるまい。――〈ルオゥグ村〉、およびその村民は我が王国の要人数名を攫《さら》い、殺害した罪で滅ぼすこととなった」

「要人、殺害……」

アドルは思い出す、火口での出来事を――

――『これで軍事予算の拡大に異議を唱える者達は始末した。後はこの罪を奴らに擦《なす》り付けるだけ……』

サーウルスの言っていた〝奴ら〟。

それが自分達のことだと瞬時に理解する。

「オレ達を、嵌めるために――」

「ふざけないで！　火口で姫様を殺したのはあんたらでしょ！」

「やはり見ていたか。あの後、帰り道で新しい足跡を見つけてもしやと思っていたが……」

サーウルスは錆びた剣を構える。

すると同時に錆びた剣を赤色の風が包み、形状を変化させた。

「〈竜滅〉」

錆びた剣は緑色の剣、竜の鱗に似た素材で作られた剣に変化した。

「この村に居る者は全て抹殺した。老若男女問わずにな……君達の居場所はもうない。大人しく殺されろ、化物……！」

放たれる無量の魔力。

魔力に反応してヴァンスが体の30％を竜に変化させた。

「行け！　アドル！！！」

「馬鹿！　1人で勝てる相手じゃねぇだろ！！！」

ヴァンスは静かな声で、諭すような口調でアドルに言う。

「アドル、行ってくれ」

覚悟のこもった声。アドルはヴァンスに背を向け走り出した。

「逃げるぞみんな！」

「ヴァンスを置いて行く気!?」

「……わからないかセレナ、ヴァンスは禁じ手を使う気だ。ここに居たら邪魔になる」

禁じ手。

それは完全に己の体を魔物と化すこと。

通常〈魔物喰い〉は体の半分ほどしか魔物化させない。それ以上体を魔物化すると体への負担が尋常じゃ無くなるからだ。

１００％魔物化すると通常では得られない強大な力を得ることができるが、その代償として理性を失い、己の魔力が尽きるまで暴走する。暴走が終わった時、体はボロボロとなって、最悪の場合二度と魔物の力を扱うことができなくなる。

ヴァンスが完全竜化すれば全員で協力するより勝率は上がるだろう。

アドルはその事実を冷静に処理し、相手の戦力を分散させるため逃走の選択肢を取った。

「そういうことなら僕達は邪魔になる。早くここから去りましょう」

「うん……ヴァンス、絶対――絶対に生きてまた会おうね」

「死んだら殺すからね……ヴァンス！！！」

ヴァンスは親指を立てる。

アドルは言葉を残さず立ち去った。

（なにも言う必要はない。また会うんだからな……親友！！！）

仲間達を見送り、ヴァンスは心置きなく全身を変化させていく。

「愚かだな。そんなことをしても私には勝てん」

「――愚かで結構だ。それで仲間を守れるならな……」

ヴァンスの体積が10倍、20倍、30倍――１００倍へと膨れ上がる。多くの種類の竜を混ぜ合わせたキメラドラゴンがサーウルスに立ちはだかる。

「喰い殺してやるよ！　サァアアアアアアウルスゥゥゥッ――――――――――！！！！！！！」

「ボロス。奴らを追え。私はこの化物を駆除する」

サーウルスは目の前に現れたキメラドラゴンを、酷く冷ややかな目で見上げた。

「……気色の悪い」

◆

森林を走り抜ける４人。

「アドル！　どこに行くの!?」

「虫食い洞窟だ！　あそこは迷路みたいに道が分岐するから頭に地図が入っているオレ達が有利に動ける！　セレナの剛鉄を使えば道を塞ぐこともできるからな！」

目指すは地元の洞窟。

彼らの背を追うのは馬に乗った複数の騎士。先頭には副団長のボロスが居る。

「逃がさないわよぉ〜〜〜〜！」

ボロスが赤黒い杖を構えるとボロスの周囲を漂うように紅い炎の塊が作成された。

「炎魔法!?　相性悪いわね！！！」

セレナは地面に両手をつき、剛鉄を地面に伝わせ騎士団の馬の足元から白銀の壁をせりあげた。

「あら！　面倒なことするわ！」

「ナイスだセレナ！」

「このまま洞窟へ入りますよ！」

ボロスから放たれた爆炎がすぐ足元で炸裂する。

アドル達はフィルメンの風魔法によって背中を押され、爆炎を躱し洞窟へ突入した。

「よし、ここまでくれば……」

そうフィルメンが言った時だった。

すぱん。と瑞々しい気持ちの良い斬撃音が鳴った。

「あれ、地面が近い――」

同時に眼鏡の少年の首から血しぶきが飛び、ストンと眼鏡と共に生首が地面に落ちた。

突然の出来事でアドルもルースもセレナも固まってしまった。

「へへへ、ボロス様の考え通り、ここに逃げ込んできたか。魔族め……！」

鎧を着た男達が洞窟の中で待ち伏せしていた。

「そんな……」

「フィルメン――」

絶体絶命、絶望を後押しするように巨大な爆炎球が背中より迫る。

「冗談だろ……」

アドルは手元から剣を滑り落とす。

「ボロス様!?」

「そ、それ！　俺達も巻き込まれますよぉ！！！！」

騎士団《み》も《かた》巻き込むボロスの爆撃。躱すことも防ぐこともできない、明確な死の塊……


――終わった。

アドルは静かに目を閉じた。

第七話　〈万物を喰らう者《ラスト・イーター》〉

自分にもっと力があったなら。

そんな言葉が頭を巡る。

結局、最後の最後までなにもできずに死んでしまった。アドルは自分の人生を悔いた。仲間を守れず、誰も守れず、ただ逃げて終わった自分の人生を……。

（広い世界が見たかった）

ヴァンスと酒を飲み交わしたかった。

フィルメンと色んな土地の歴史を見て回りたかった。

セレナと世界中のオシャレな服を着たかった。

そして、ルースと恋人になりたかった。

終わってから気づく、自分の願い……その全てを。

アドルは瞳から涙がこぼれるのを感じた。涙がこぼれるのを感じて、違和感を覚えた。死人が、涙を流すわけがない。

アドルはゆっくりと瞳を開く。

「おはよう、アドル」

「ルース？」

アドルは白銀のドームの中で眠っていた。

そこら中の壁が全て鏡のように光を反射する。眩しい空間、そこに居るのはたった2人だけだった。

「ここは……？　ルース、お前は平気なのか？」

「えっとぉ……平気に見える？」

――ルースの右肩から先は無くなっていた。

それだけじゃない、左脚も焼失し、首元は焼け焦げている。じきに命を落とすことは明白だった。

「そんな……どうして、どうしてオレだけ無事なんだ！！？」

アドルは周囲を見渡し、白銀の壁に繭のように張り付いた塊を見る。

その塊を目を凝らしてみると、よく知っている女性の顔が浮かび上がってきた。

「セレナが自分の全魔力を費やして、わたし達を壁で囲ったの。でも、それでも少し間に合わなかったから……」

「オレを、お前の体で包んだのか？」

ルースがアドルの胸に倒れこむ。

アドルはルースを抱え、力無く涙を流した。

ぽたぽたと流れた涙はルースの血に溶け、紅く濁っていく。

「無駄なことをしたな、お前もセレナも。オレを生かしたところで、ここから生還するのは不可能だ。

ははっ……馬鹿だな、どいつもこいつも……」

ルースがアドルの頰を伝う涙を左手でふき取る。

「諦めないで……アドル。貴方は、わたし達は……まだ負けていないよ」

「ルース……」

「わたし、アドルの適合する魔物、実は心当たりあるんだ。覚えてる？　多くの魔物の力を使った〈魔物喰い〉の話……」

――〝ある日、魔物の群れが〈ルオゥグ村〉を襲ったの。多くの〈魔物喰い〉が魔物に喰われ、村は滅亡の危機に瀕した。その時、彼は〈魔物喰い〉の力に突然目覚めた。鳥の羽と竜の羽を持ち、あらゆる妖魔の力を結集させた力で彼は魔物達を滅ぼした。彼は村民に英雄として讃えられ、そして〈万物を喰らう者〉と呼ばれるようになった〟。

「一つの仮説、もしも〈魔物喰い〉が魔物だと仮定すると……〈万物を喰らう者〉の謎は解ける」

「まさか……」

アドルは思考を回転させる。

魔物を喰らい、能力を得るのが〈魔物喰い〉。

もしも、〈魔物喰い〉を魔物とするなら、

「〈魔物喰い〉を喰らう〈魔物喰い〉が存在する……それこそが、〈万物を喰らう者〉だとわたしは思ってる。アドルが喰らっていない魔物、それはきっと——」

「——違う」

アドルは首を横に振る。

なぜならその仮説を認めてしまえば、自分達は人ではなくなってしまう。

それだけは許容できない。

同族を喰らわなければ強くなれない。

そんな事実も認められない。

「違う……違う違う違う！！　オレ達は、人だ！」

「だよね……そうだよね……」

ルースはポロポロと、涙を流した。

顔は歪み、口元からは涎《よだれ》と血の混じった液体が垂れ流れる。

恐怖に抗う少女の姿がそこにはあった。

「だって、こんなにも……死ぬのが、怖いのに、別れが辛いのに、あなたを——好きになれるのに、わたし達が魔物なはずないよね？

わたし達は……人だよね？」
ルースはアドルの顔を抱き寄せ、耳元で囁く。
己の命を諦めた上で、人間としてのプライドを捨てる覚悟で、
彼女は大切な人を守るために、言葉を捻り出す。
「アドル、お願い……わたしを、」
――〝食べて〟。
そう言い残し、ルースは呼吸を止め、心臓を止め、アドルに倒れこんだ。
アドルはルースを抱きしめる。鼓動は戻ってこなかった。
1人白銀のドームに取り残されたアドルは絶望の淵で、あの男の顔を思い出した。
「サーウルス……！！！」
憎しみがプライドを黒く塗りつぶす。
人としてのプライド、それよりも大切なモノが今のアドルにはあった。
アドルは愛した人の亡骸をジッと見つめ、そして――大きく口を開いた。
――〝オレ達は人間だ〟。
――〝こんなにも、人を憎めるのだから〟。

◆

「なんて堅い殻……アタシの炎でも焼けないなんて――」

ボロスはセレナが作った白銀のシェルターを手の甲で叩き、頬を撫でた。

「生命を孕んだ魔力は別格ね」

「どうなさいますか、副団長」

「団長を待つわ。これ以上魔力使うと肌が荒れちゃうもの」

腰につけたポーチから化粧道具と手鏡を取り出し、ボロスは近くの岩の上に足を組んで座ろうとした。

しかし、
ズン。

と、白銀の壁の中で得体の知れない音が鳴った。

ボロスはただならぬ雰囲気を感じ取り、高級品の化粧品をその場に投げ捨てた。

「なによ……この魔力は――」

騎士団は目にする。

白銀の繭より羽化した怪物を。

それはセレナの創り出した剛鉄の壁を突き破り現れた。

スライムのようにドロドロに解けた剛鉄を纏って……。

ボロスは杖を構え、問う。

「どちら様?」

現れたそれは、深い闇に落ちた瞳でこう返した。

「――〈万物を喰らう者《ラストイーター》〉」

第八話　〝反撃の狼煙〟

――口の中には鉄の味が広がっている。

自分は今、酷く凄惨な行《おこな》いをした。にもかかわらず、心は幸福に満ちていた。己が成長する高揚感、体に喰ったモノが溶け込んでいく感覚……。

「ルース……セレナ……また一緒に冒険しよう」

腹の中の誰かにそう言い残し、アドルは人差し指を上げた。

アドルの指の動きに呼応するように白銀のスライムが地面より立ち上る。

「剛鉄のスライム……？　アナタ、確か不適合者だったはずじゃ――」

有無を言わせぬ剛鉄の速攻がボロスに迫る。

ボロスは杖を振り、炎の壁を作り正面の剛鉄を焼き尽くした。だがアドルの攻撃はこれで終わらない。

地面から生え出る剛鉄の棘、空から降り注ぐ剛鉄の槍、スライムの柔軟さを得た剛鉄は無数の汎用性を得た。

ボロスは爆炎の檻を作り、身を四方八方の攻撃から守った。

「このアタシが防戦一方ッ！　剛鉄は魔術に強い鉄、但し炎熱系の魔術にのみ弱い……もしもアタシが爆炎使いじゃなくて、もっと違う属性の魔術使いだったらもう死んでるわね……」

スライムの持つ〝軟化〟の力によって剛鉄操士の操る〝剛鉄〟を柔らかくし、流動的に操る。柔らかくなった剛鉄を再び硬くすることも可能。変幻自在の最硬の刃、それこそが今のアドルの武器だった。

ルースのスライムの力、セレナの剛鉄の力。

合わされれば無限の応用性を産むが、この二つの力には共通の弱点がある。

「――アナタがどうやってそれだけの力を得たのかはわからない。けれど、不運だったわね」

物理攻撃を受け流せるスライムだが魔法攻撃は別。特に体液を蒸発させる炎熱系には弱い。

スライムも剛鉄も、炎を前にしては灰になるのみ。

「スライムも剛鉄も、アタシの爆炎とは相性最悪。〝爆炎の女王〟と呼ばれたアタシに、アナタは絶対に勝てないわ」

ボロスの言う通りアドルに分が悪い。

にもかかわらず、アドルは表情を無にしたまま淡々とボロスを見つめていた。

「爆炎？　違うな、お前の魔術、その根幹を成している要素は炎じゃない」

アドルは頬に伝うヌメリとした液体をつまみ、指で擦《こす》る。

「油だろ？」

油、火を煽る液体。

「作り出しているのはその杖か……」

ボロスの持つ杖の名は〈油源戦車《ヴァナルガンド》〉。その杖に魔力を込めれば魔力は油に変換され射出される。

ボロスはまず魔術で小さな炎の球を作り出し、そこから杖の油で火力を増強していたのだ。

「杖の力が無ければロクに火力も出せないとはな」

「魔物と違ってね、人は道具に頼らないと生きていけないのよ」

ボロスが杖で地面を鳴らすと巨大な火球がボロスの頭上に作り出された。

その火球に杖からの油が継ぎ足され、膨らんでいく。

「直接炎を作るよりこのやり方の方が十倍以上効率が良いのよねぇ……結構大きくしちゃったけど、防げるかしら？」

「五分ってとこだな……」

「あら、その程度なの？」

爆炎の隕石がアドルに降りかかる。

アドルは両手を合わせ、地面から5重の障壁を作り出し隕石を受けるが――

「ちっ」

爆音と共に黒煙が辺りを包み込む。

十数秒の静寂、ボロスは優雅な立ち姿で黒煙が晴れるのを待った。

そして、黒煙の先で口元から血を垂らす少年を見て笑みをこぼす。

「あらあら、なにやらカッコつけて登場したからもっとやるかと思ったけど、全然ね」

ボロスは再び爆炎を作り出す。

アドルは膝をつき、その爆炎を静かな瞳で眺めていた。

「これで詰みね……」

ボロスは爆炎を落とそうとして、アドルの足元にある……さっきまで無かったモノを見つけた。

——それは眼鏡の魔物喰らいの首なし焼死体……。

死体には噛み跡が付いている。

「あの死体、あそこまで損傷がひどかったかしら？　あの噛み跡は……」

アドルは口元の自分じゃない者の血を舐める。

そのまま手を挙げ、風使いの友の動きを真似する。

「いいのか？　その大きさで。それが全力か？」

「——なんですって」

「もっと大きくしてやるよ、その炎」

——〝旋風付与〟

巻き起こる旋風がボロスの頭上の炎を大きくする。

「風!?　この規模――風妖精の旋風！！？」

先ほど倒した眼鏡の少年の技。

噛みつかれたような跡がある風妖精喰らいの姿。

アドルの口に滴る血。

ボロスはここまで来てようやくアドルの本質を理解した。

「魔物を喰らってその魔物の能力を引き継ぐ魔物、それが〝魔喰らい〟……まさかアナタは、〝魔喰らい〟を喰らう〝魔喰らい〟――」

ボロスは冷たい汗を垂らした。

「同族を、喰らったって言うの!?」

旋風によって巨大化した炎が先ほどアドルを襲った炎の3倍の大きさに膨れ上がる。

「もおおおおおおおおおおおおおおっ！　やめなさい！　このままじゃアタシの制御範囲を超えちゃうわ！！！」

「馬鹿かお前。とっくにこの炎はオレのもんだ」

それはもうすでに、ボロスが操作できる規模を超えていた。

アドルはセレナが遺した白銀のシェルターを分解し、自分の周囲を囲ませる。

「お前の言う通りだ。ルースの能力も、セレナの能力も、フィルメンの能力も、思い出《経験》も、全て……オレの中にある」

「やっぱり魔物は魔物ね。自分の仲間を喰うなんて、人のすることじゃないわ……」

ボロスは気づく、自分達がしてしまったことの過ちに。

人として生きていた者を、人として生きようとしていた者を、彼らは変えてしまったのだ。

同胞すら喰らう魔物《バケモノ》に――

「ぐっ……！！？　あ、アタシと団長のラブストーリーを――アナタなんかにいいいいいいいいいいいいいいいいいいいいいいいいいいいいいいいい！！！？？？」

ボロスの制御から離れて成長する炎。

ボロスは炎の勢いに疑問を抱く。

「ど、どうして!?　風だけでこんなに大きくなるはずが――」

チリ……と、銀色の破片が紅く溶けて炎に吸い込まれていく。

「鉄粉を――薪に……」

「――堕ちろ」

鉄粉は熱を伝わせ、一気に燃え広がる。

「団長逃げて……！」

巨大な炎の塊は、そのままボロスの頭上に降りて行った。

同時にアドルはセレナの生命力を孕んだ剛鉄を身に纏い、そのさらに外側に爆風避けの風結界を設置した。

「これで詰みだ」

紅い光が森林を包み込む。ボロスは目の前の化物、その底知れなさを敬愛する師に重ね、灰となった。

黒き煙が天を舞う。反撃の狼煙が上がった。

第九話　〝四つの灯〟

――〈ルオゥグ村〉。

村の中央には破壊の跡が広がっている。家は崩れ、炎が燃え盛る。

この破壊の跡を作ったのは2人の男。片方は錆びた剣を地面に突き刺して直立している。もう片方はその身を竜に変え――胴体を真っ二つにされていた。

竜を見下ろし、騎士団長サーウルスは呟く。

「今まで戦ったどのドラゴンよりも強かった。――魔物風情にしては、中々だったな」

サーウルスの下に1人の騎士が駆け寄る。

「魔物の死体はそこのドラゴンを除いて全て火葬致しました」

「ご苦労。ボロスはまだか？」

「それがボロス様に遣《つか》わした伝令が戻ってこず――」

サーウルスは先ほど、遠くの樹海で巻き起こった大爆発を思い出す。

「――ボロス……まさかとは思うが……」

その時、
ひゅー……と柔《やわ》い風がサーウルスの背中を押した。

サーウルスは風の中に微《かす》かな魔力を感じ、慌てて剣を地面から引き抜くが間に合わない。

「〝銀刀嵐撃《アルジェント・テンペスタ》〟」

「なっ――――」

剛鉄のカミソリが交じった銀色の風がサーウルス諸共騎士達を彼方へ吹き飛ばす。

サーウルスは魔力で皮膚を強化しダメージを無効化するが、部下達は銀色の風によって肢体を分解された。

旋風を巻き起こしたボロボロのシャツを着た男はサーウルスに目もくれず、倒れているドラゴン《親友》の方へ歩いて行く。


「――ヴァンス……」


その体を撫で、そして手元に銀色の剣を製作し、ドラゴンの肉を削ぎ落とした。

――捕食。

生臭く、堅い肉質。普通の人間ならかみ砕けない硬度。

しかし〝魔物喰らい〟の歯と顎の力をもってすれば容易《たやす》く分解することができる。シャツの男

――アドルは親友の肉を貪り、竜の力を己の内に取り込んだ。

スライム。

メタルコンダクター。

シルフ。

ドラゴン。

四つの灯がアドルの体に揃う。

「ようやく、適合したようだな……」

天から声が聞こえ、アドルが上空を見上げると無数の光の矢がアドルに向かって降下していた。

アドルはその全てを躱し、光の矢に乗って天より舞い降りる騎士を睨む。

騎士は地面に着地した後、錆びた剣をゆったりと構えた。

「一体、どんな魔物と適合した？　今の攻撃は今まで味わったことの無いものだったぞ」

「甘えんな。自分で考えやがれ」

「ふん、随分口が悪くなったな……まぁいいさ」

斬。

ほんのコンマ1秒でアドルの体は胴体から両断された。

ぽとん。と胴体が地面に落ちる音を聞いてサーウルスは溜息をつく。

「貴様に聞かずとも、この剣が教えてくれるさ」

〈万物を殺す剣〉。

錆びた剣の状態で斬り殺した魔物の情報を取り込み、その魔物を殺すのに最適な形を学習することができる剣。

「この錆びた剣はこの状態で殺した魔物の情報をインプットし、その魔物に対する特効を持った形を覚える。さぁ……〈万物を殺す剣〉よ。その形を変えたまえ――」

サーウルスは掲げた剣、その刃に付いた赤色じゃない液体を見て眉をひそめた。

「緑色の液体……」

ぺちゃ。と音を立てて彼は再生する。

サーウルスは背後を振り向き、彼の異形な姿を見て数年ぶりに武者震いした。

「成程。その武器の性能は大体《だいたい》わかった」

アドルは体を液状化し、自ら分離したのだ。

スライムと化した体は魔力さえあれば容易に分離・結合できる。物理無効の肉体。

サーウルスは懐《ふところ》から一枚の長方形の札を取り出し、剣を持った手と逆、左手の指で挟んだ。

「23番、〈魔封鏡《アイギス》〉。――**解封**」

札が円形の片手盾に変化する。

サーウルスは盾を装備し、片手剣・片手盾を持ってアドルと対峙する。

サーウルスの表情には悦びが映っていた。

「よもや、本当に存在するとは思わなかったぞ……〈万物を喰らう者〉」

「全力で来い、サーウルス。お前の経験《これまで》の全て喰いつくしてやる……」

第十話　〝封印術師〟

サーウルスは放たれた炎の塊を白き盾で受ける。盾は炎を吸い込み、消失させた。

顔を竜へと変化させ、アドルは火球を口から吐きだす。

「〈業炎砲火〉……！」

「――――!!」

「火力が足りんな……」

アドルはサーウルスの盾、その性質を見極める。

（魔力を吸収する盾か……面倒だな）

「8番、〈光竜矢《アマノハバヤ》〉――解封《オープン》」

サーウルスは新たに12枚の札をばら撒き、その全てを光の矢に変化させた。

「さっきからなんだ？　その手品は」

「封印術と云《い》うものだ。私は封印術師。武具も生物も、実体のない魔力でさえ封印できるのだよ」

光の矢は四方に散った後、アドルに向かって収束する。

アドルは竜の翼を背中から生やし、光の矢を躱《かわ》していく。

「札に武具を封じて、状況に応じて出し入れしているのか……」

光の矢がアドルを追跡する。アドルは縦横無尽の軌道で避けようとするが、光の矢は執拗に時速300kmで動くアドルを追跡した。

「このままじゃ捕まるな……〈加速風《ヴォンタリエール》〉」

旋風を使って飛行の速度を強化、光の矢を躱し切る。

光の矢の一撃一撃が森林を焼き焦がしていく。アドルは森林を抜け、視界の良い岩石地帯に着地する。

サーウルスは光の矢に乗り、アドルを見下ろしながら4枚の札をばら撒いた。

「9から12番、**解封**《オープン》。――出でよ、〈屍帝傘下《していさんか》・四玖夜玖《シクヤク》〉」

4枚の札が変幻し、内から魔獣が現れる。

紅蓮の体毛を全身に纏った巨人、〝髭巨人〟。

半人半狼の悪魔、〝人狼《ワーウルフ》〟。

額から角、背から翼を生やした白馬、〝一角天馬《ホーンペガサス》〟。

両腕は黄金の翼、上半身は人間の女性。腰から下はない。ハーピーの王、〝歌鳥女主《セイレーン》〟。

4匹の額にはそれぞれ文字の書きこまれた札が貼ってある。

アドルは本で蓄えた知識からサーウルスの行《おこな》った術に見当をつける。

「召喚術、というやつか」

「あんな効率の悪い術《もの》と一緒にするな。私のこれは魔物の意思を封印し、自在に操るモノ」

サーウルスが指を鳴らすと、地上から〝髭巨人〟と〝人狼〟、空から〝一角天馬〟と〝歌鳥女主〟が迫って来た。

「支配による協調は信頼を超えた連係を作り出す。奴らは私の奴隷——否、家畜だ。召喚獣より良く働く……」

「ちっ！」

〝人狼〟の突進。

アドルは両腕を竜に変化させる。

「……失せろ、犬っころ」

〝人狼〟の頭を摑んで地面に叩きつける。叩きつけられた地面は割れ広がった。

〝髭巨人〟が樹をなぎ倒しながら迫るが、速度は遅い。

アドルは上空の2匹に的《まと》を絞る。

「〝加重旋風陣《ヴォングラヴィテ》〟……！」

上からかかる風圧で天を舞う2匹の魔物の動きを鈍らせ、竜の翼をもって〝一角天馬〟の方へ飛ぶ。

アドルが〝一角天馬〟に向けて竜の爪を構えた時、〝歌鳥女主〟が大きく口を開けた。

「【■■■■～～■■■■～～～♪】」

〝歌鳥女主〟の口から出されたのは歌。

「歌？　――ッ！！？」

〝歌鳥女主〟から発せられた音色《メロディー》。それを聞いたアドルの脳は眠気に襲われた。

「眠い……！　幻術の類《たぐい》か――ぐっ！！！」

アドルは竜の爪で自身の脇腹をひっかき、痛みで眠気を覚ます。だが一瞬睡魔と戦った隙に〝一角天馬〟の角がアドルの腹を貫いた。

「……残念、一手遅かったな」

体を液状化させ、分離。角を躱《かわ》す。

そのままスライムの体で〝一角天馬〟を包み込み、剛鉄の棘を液状化した体から生やし〝一角天馬〟の全身を串刺しにする。

「まず1匹」

再び口を開ける〝歌鳥女主〟。

アドルも〝歌鳥女主〟に合わせるように口を開けた。肺から喉と口を竜に変えて。

「【■――】」

「『【グゥガアアアアアアアアアアアアアアアアアアアアアアアアアァァァァァーーーーーーーーーーーーーーーーーーーーーーーッッッ！！！！！！！！！！！！！！！】』」

歌姫の詩を竜の咆哮で掻き消す。

竜の咆哮は空気を伝い、〝歌鳥女主〟の鼓膜を焼く。〝歌鳥女主〟が怯んだ所でシルフの風を纏い、高速で空を飛び竜の顎で〝歌鳥女主〟の首を食い破った。

「2匹……！」

口に付いた血を吐き捨て、正面まで迫って来ていた巨人と対峙する。

巨人の右拳が引かれる。

避けようと身構えるアドル、回避に移る0・01秒を〝髭巨人〟の影から現れた鎖に巻き取られた。

「巨人の死角から――！」

鎖が意思を持っているかのように器用に動き、アドルの右腕と胴体を縛る。

アドルは体をスライムに変化させようとするが――

「ッ!?」

――〝魔力が、練れない!?〟

鎖によって動きと魔力を封じられたアドルに〝髭巨人〟の、アドルの全身より巨大な拳が迫る。

アドルは回避できず、殴り飛ばされた。

アドルは殴られた勢いで宙を舞いながら、体に巻き付いた鎖を右手で掴む。

「魔力を吸収――違う、封印しているのか！」

魔力を封じる、というよりは複雑な魔力操作の封殺。つまりは魔術を使えなくする性質をもった鎖。

アドルは純粋な強化の魔力で体を強化し、鎖を引きちぎる。同時に〈レフ火山〉の麓の岩壁に激突した。

〝髭巨人〟と〝人狼〟が息つく間もなく、こちらへ向かって走ってくる。

アドルはゆっくりと地面に手をついた。

「――〝剛鉄乱塔立《アルジェントラトゥール》〟」

地面から剛鉄の塔を100に及ぶ数出現させていく。

対象は〝髭巨人〟。セレナの使った〝剛鉄乱塔立〟と違い、スライムの力で柔軟さを得た剛鉄の塔は先端を鋭く尖らせ、〝髭巨人〟を磔にした。

「あと1匹……！」

「1人、忘れていないか？」

真上からの声、反応するが間に合わない。

アドルは巨大な光の矢を頭上から全身に浴びる。だがギリギリのところで剛鉄と風の鎧を纏い、ダメージを軽減する。しかし、脳天に入ったダメージは決して小さくない。

「良い反応だ……」

攻撃を受けて意識が飛んだ刹那、サーウルスに懐に入られた。

「こ、の――野郎ッ……！」

警戒するは右手に持った〈万物を殺す剣〉。

先ほどの被弾によるダメージの自己修復までおよそ3秒、この間、形態変化が一時的にできない。

スライムの体無しで数秒耐えなくてはいけない。

〈万物を殺す剣〉を警戒し、サーウルスの右手に注目する。

サーウルスはアドルの視線を読み、左手に持った盾を捨て拳を握る。

左拳によるボディブローがアドルの脇腹にめり込んだ。

「ぐっ！！？」

「――〝烙印《マーク》〟」

殴られ、数メートルの後退。

アドルはサーウルスから距離を取り、殴られた脇腹を触る。脇腹はなんともなく、視認しても異常は生じていなかった。

サーウルスはアドルの脇腹を見て、「まだ駄目か」と呟いた。

「だいぶ魔力を削ったと思ったのだがな……底知れぬ魔力だ。――それもそうか。貴様らの習性は魔人に似ている。単純に喰らった者の魔力を束ねているわけではないのか」

サーウルスは隣に降り立った〝人狼〟の頭を掴み上げた。

「君が簡単に倒した3匹と、コイツは元々屍帝と呼ばれる人魔の手駒でね。

そこらの魔術師なら千と束ねても敵わない相手だ。

これを簡単に倒した君は、間違いなく〝魔帝〟の域に達してる」

「テメェと世間話する気はねぇよ」

「ならば交渉話ならどうだ？　私の手駒になれ、〈万物を喰らう者〉。ここで私に殺されるより、長生きできるぞ。首に縄付けて、丁重に飼ってやる」

アドルは銀色の風で、〝人狼〟の首を断ち切る。

サーウルスは手元に残った〝人狼〟の頭を投げ捨てた。

「交渉する気もねぇ。テメェは殺す。たとえ明日《あす》にこの身が残らずとも」

「残念だ。ならば死ね、魔物」

サーウルスの足元に魔法陣が展開された。

「今度は正真正銘の召喚術だ！　逃げまどえ、〈万物を喰らう者〉ッ！！！」

魔法陣から召喚されたのは数えるのも億劫な量の――札。

「これは、まずいな……！」

アドルは札がばら撒かれるのを見て瞬時に、天空へと飛び上がった。

「〈光竜矢〉――解封《オープン》」

無数の光の矢が天空へ飛んだアドルへ向かって打ち上がった。

「――厄介だな」

アドルは雲の上、天空から地上より伸びる矢を見て言う。

　このまま高度を上げ続けていてもいずれ限界は来る。ならば、とアドルは一転、地上へ向けて急降下した。

　そのまま風の槍、剛鉄の槍、加えて炎のブレスを発射する。

　風&鉄&炎vs光の矢。弾幕対決。都市が幾多も壊滅する衝撃が空中で発生した。

　真下の光の矢にのみ集中砲火し、突破する。

　残った矢はアドルの速度についていて行けず、弧を描いて追跡してくるが、アドルが〈レフ火山〉の火口に身を隠すと対象を見失って明後日の方向へ消えて行った。

　村よりかなり離れた〈レフ火山〉の火口に着地、しかし息つく間も無く光の矢に乗ったサーウルスが緑色の剣……ヴァンスを殺した竜殺しの剣を持ってアドルに斬りかかる。アドルは白銀の剣を製作し、天から振り下ろされた剣を受けた。

「手合いの続きと行こうか！」

「上等だッ！！！」

　アドルは左手にも白銀の剣を装備し、二刀流でサーウルスに襲い掛かる。

「なぜ私を殺す？　もう守るべき物はなにもないだろうにっ！」

「なにもないからこそ、オレは自分の感情に身を委ねられるんだ……！」

「持たざる者の強さだな……果たしてその牙、私に届くか！」

　炸裂する剣戟《けんげき》、サーウルスはアドルの剣の重みに押され、一歩後ろへ退いた。

好機と見て追撃するアドルだったが、その剣先を左手の盾に上から叩き折られ、そのまま盾に突き飛ばされた。

「ちっ！」

態勢を崩されたアドルは体をスライムに変化。サーウルスは踏み込み、

「〈捏滅《ねつめつ》〉」

〈万物を殺す剣〉を青色のククリ刀に変化させ、アドルの左腕を斬り落とした。

スライムに変化したはずのアドルの左肩からは真っ赤な鮮血が溢れ出る。斬り落とされた左腕は腐って塵となって消滅した。

「〈粘弾液魔〉を斬っただと……!?」

サーウルスは剣を振り、剣に付いた血を散らす。

そのままサーウルスは粘弾液魔殺しの剣を撫でた。

「……懐かしいな。私がはじめて〈魔物喰らい〉を殺し、手に入れた形だ……王都にぬいぐるみを買いに来た、愚かな男だったな。確か、娘の誕生日のプレゼントが何たらと」

「娘……誕生日……」

ルースの父親が失踪したのはルースの五歳の誕生日の日だった。

あの日、ルースのために彼は王都まで行き、そしてサーウルスに捕えられ、拷問の末に殺害された。

アドルはルースの父親の失踪、その真実の一部が明らかになり激しい怒りを頭に上らせた。腹の底……腹の底に居る誰かの怒りも混ざっている。

「嗤《わら》える話だろう？　魔物風情が誕生日を祝うなどと」

傷口からスライムを滲みだし腕の形をさせ、スライムを剛鉄でコーティングして白銀の左腕を作り出す。

「クソ野郎が……！」

「なにか、気に障ることでもあったかな？」

「いいや別に……大したことはない」

アドルフォスは地面を踏みしめ、真っ赤な魔力を火山を包み込むほどに漂わせる。

「お前を殺す理由が、一つ増えただけだ……！」

「なんという魔力だ……常軌を逸している!!」

アドルは右手を前に出し、サーウルスと戦う前に火口に待機《設置》させていた剛鉄のスライムの塊を自分の頭上に浮かべ、そこに包み込んだある武器を手元に落とした。

サーウルスはその緑の宝珠が埋め込まれた武器を見て固唾を呑む。

その杖は最も信頼できる部下へ、サーウルス自ら捧げた物だった。

「――〈油源戦車〉！！？」

「戦場を間違えたな。サーウルス……」

アドルは火口の入り口・出口を剛鉄で全て埋める。

「ここなら逃げ場はない。終わりにしよう、サーウルス……」

「誘ったのか！　はじめからここで決着をつけるつもりで！」

「この火山のマグマを火元にする。……油を霧状に散布、鉄粉で熱を連動させ、一気に業炎を拡散させる。爆発の瞬間に入り口を解放し、風の力で外の大気を引っ張り込む」

「よせ、やめろ！　お前もただでは済まない――」

アドルはその全身の表面を竜の鱗で覆う。

「火竜の鱗か……！」

火竜の鱗は絶対的な火耐性を持っている。

それだけじゃない。風の鎧によって爆風も防ぐ。瓦礫はスライムの体で流し、他の属性の余波は剛鉄で全て防ぐ。もはやアドルの耐性に隙は無い。

――〝絶対耐性〟。

「お前の手持ちでコレを防げるか、サーウルス」

サーウルスは懐から札を取り出し、そこら中にばらまいた。

同時に、アドルフォスは杖を振り下ろす。

「――オレは防げるぜ」

火山エネルギーに加え、鉄粉＋風力＋油、これらをアドルフォスが持つ無数の魔力で形成する。

アドルフォスの内にある4人の総魔力はそこらの魔術師の約10000人分に相当する。

底なしの魔力によって最効率で作り出された爆発はサーウルスの想定を遥かに上回った。

――火山一帯を全て吹き飛ばす爆発が天を揺らした。

最終話　そして、冒険が始まる

火山が消失し、巨大なクレーターのみが残った。

アドルはクレーターの中心で膝をつき、黒い淡《たん》を吐き捨てる。

「少し、無茶し過ぎたかな……」

――終わった。

雲すら爆発で晴れた空を見て、アドルは全身の力を抜いた。

これからなにをするか、なにもわからない。それでもアドルは復讐を果たした一時の幸福感に酔いしれていた。自分以外の足音を聞くまでは――

「……さすがに、参ったよ」

上半身の鎧全てを溶かした騎士団長が、地面を踏みしめアドルの後方30m先に立っていた。

アドルは拳を地面につきたて、膝を押さえながら立ち上がる。

「ここまで追い詰められたのは——兄弟子と本気で喧嘩した時以来だ。私の手札はもう空っぽだ。あるのはこの手にある剣と盾のみ……」

「——くそったれ……！」

仲間を喰って蓄えた魔力はボロスとサーウルスの連戦で尽きかけている。体はボロボロ、本当ならもう立つことすら叶わないほど衰弱している。——それでも彼が立ち上がるのは自分の背を押してくれる仲間が居るからだ。

ルース。

ヴァンス。

セレナ。

フィルメン。

4人の手がアドルを支えている。

「受けろ、アドルフォス＝イーター」

サーウルスは〈魔封鏡〉を空に投げ、そして右手の錆びた剣で盾を斬り裂いた。

「これまで私がこの盾で吸収してきた無限の魔力、その全てを一振りの剣に乗せて振るおう」

盾に封じてきた魔力が全て放たれ、剣に纏われる。

錆びた剣は巨大な光剣となり、天にその剣先を突き立てた。

「これは神をも殺す殲滅剣《せんめつけん》、〈ミストルティン〉。正真正銘、我が最強の剣だ」

アドルは自分に向けられた破壊の塊を見て、口元を緩ませた。

「……まったく、オレに使うには勿体ない剣だな」

アドルは自分に〝どうする？〟と問いかける。

「決まってるよな……」

――〝オレにできるのは、今まで喰ったモンを吐き出すことだけだ〟

剛鉄の左腕、その先に竜の顎《あぎと》を作り出し、炎の塊を顎の先に練り始める。

練り固まった炎の塊《かたまり》に剛鉄と粘弾液と風を混ぜ、凝縮させる。剛鉄の左腕は更に変化を遂げ、シルフの羽や竜の翼や人の腕の形をした緑色の液体、剛鉄の棘が生《は》え混ざる。

「いいぞ……いいぞアドルフォスッ！　そうこなくてはなぁ！！！」

合成、凝縮を無限回数繰り返し、出来上がったのは底の見えない漆黒の球だった。

「合成獣砲《ごうせいじゅうほう》――〈マグライ〉」

白く光輝く巨剣。

禍々しく黒く染まった塊。

両者は同時に自分の全てを詰め込んだ技を放つ。ぶつかった白と黒は灰色に混ざり、〈ニシリピ樹海〉を消滅させるほどの衝撃を起こした。これは後に〈ニシリピ崩落災《ほうらくさい》〉と呼ばれ、その原因は一切だれにもわからない災害として処理されることになる。

「いやー、怖いねぇ〜。樹海が丸ごと一つ無くなるなんてよ」

「爆心地の近くには小さな村があったって話だよな」

「村一つで済んだのが奇跡だよ。あとはアレか、王国の騎士団長様か。今度王様自《みずか》ら葬儀を行うらしいぜ。英雄も災害には勝てないか」

とある港町で新聞を片手に男性2人が会話を交わす。

2人の横をボロ臭いローブを被った男が通ると、

「おい兄ちゃん！　どこに行く気だ？　船はこの時間まだ出てねぇぞ」

親切心から忠告する漁師の男。声を掛けられた少年は「そうですか」と笑顔で応える。

「一体どこに行く気なんだい？」

「えーっと、決めてないんですよね……」

「決めてない？　――ははは っ！　変な奴だな」

◆

「とにかく広くて、冒険しがいのあるところに行きたいんですけど……」

「背中の剣から察するに冒険者か。――って、えらく錆び切った剣だなぁ。そんなんで魔物を斬れるのかい？」

「いや、こう見えて案外切れ味は良いんですよ」

漁師の男は顎を撫で、

「それならガルシア大陸がオススメだな。

砂漠も雪山も火山も樹海もなんでもある……よし！　ちょうど俺もあそこに用事あるし、ついでに連れて行ってやるよ！」

「本当ですか。ありがとうございます」

「ただ旅行船じゃ無いんでな。乗り心地は保証しねぇよ？」

20分後、準備を終え、数人の船員と共に少年は港から旅立つ。

船の甲板から初めて見る海に、涙を堪えて……。

「涼しいな……でもちょっとベタつく風だ」

彼の横に、１人の客が歩み寄る。

「君、ガルシア大陸は初めてか？」

「ああ……」

彼の横に立ったのは白髪の老人。

老人はアドルの背負う剣を見て、

「弟弟子《おとうとでし》がこの国で悪事を働いていると聞き、討伐に来たのだが……無駄足だったようだ」

老人は地面に座り込み、酒瓶に口を付けた。

「ガルシア大陸。私が案内しようか？」

「それは嬉しいが……」

「遠慮する必要はない。私も、暇つぶしにガルシア大陸を回りたいと思っていたところだ」

「代金は渡せないぞ。今は持ち合わせがないからな」

「いいさ。——代金なら、もう受け取っている」

老人の言っていることの意味はわからないが、少年は「じゃあ……」とフードを上げ、顔を見せる。

「頼んでもいいか？」

「もちろんだとも」

朝陽が甲板を照らす。

少年の左腕は包帯で隠され、背には剣と杖。

後ろを振り返り忘れ物がないことを確認し、彼は二度目の人生を歩み始めた。５人分の命を積んで——

「アンタ、名前は？　なんの職に就いている？」

少年が聞くと、老人は酒を飲む手を止めて名乗った。

「私の名はバルハ＝ゼッタ。職は……色々とやったが、強いて言えば――」

老人は笑って答える。

「封印術師」

あとがき

お久しぶりです。空松です。

大人の事情が絡み合って中々時間がかかりましたが、ようやくこうして第三巻を出せて良かったです。しかもコミカライズ一巻と同時発売！

今回も伊藤様のイラストに驚かされました。本当に、いつも僕のイメージを超えるイラストを描いてくださります。特に泥帝の見た目はお気に入りで、「そう来たか！」と感激しました。悪役の絵が本当に凄い！　そしていつも伊藤様のイラストを見る度にイラストに負けないようにとプレッシャーがかかります……伊藤様の凄さを語っているとあとがき全部が称賛コメントになってしまうのでここらで自重します。

それでは少し、僕にとって『退屈嫌いの封印術師』がどういう作品か語らせてもらいます。

『退屈嫌いの封印術師』は僕の作家人生で間違いなく起点と言えるでしょう。その失敗も成功も、全部身になっています。最初こそ思い付きで書き始めて、一切プロットもなく手探りで書いていました。それが嬉しいことに多くの読者様の目に留まり、小説家になろうの日間ランキングでトップになり、編集様の目に留まってこうして書籍化しました。

はじめてのランキング一位も、はじめての書籍化も、はじめてのコミカライズも、全部この作品です。『退屈嫌いの封印術師』を通して見た、WEBサイトの外の景色、そこは本当に険しく高い壁がある場所でした。僕が知らなかった困難が多くありました。正直な話、滑り出しは順調とは言えず、苦しい思いもしました。でも最初の作品がこうして苦難まみれだったのは良かったとも思います。おかげで見えたモノが多くあります。きっと、順風満帆に売れていたら見えなかったモノが多くありました。最初から売れていたエリート作家や天才作家では持つことのできない視点が、この作品のおかげで得ることができたと思います。

それに『小説を売る』という行為が、僕1人ではできないと痛感できました。先ほどお話しした伊藤様や編集様の力、他にも多くの人の助けが無ければ僕の文章は到底売り物にはできないと、深く思い知りました。

この先、僕は間違いなく売れっ子作家になります(根拠のない自信)。

もしかしたらこの作品でそうなるかもしれませんし、違う作品でそうなるかもしれません。もしかしたら小説という分野ではないかもしれない。ただどの分野・どの作品でそうなろうとも、必ず根幹にはこの作品の存在があると断言できます。

だから、『退屈嫌いの封印術師』という作品には感謝しかないんですよ。

だから少しでも多く売れてほしいのです。たった一人でも多くの人に、この作品が届いてほしいと願っています。

もしも、お金に余裕があれば一冊多く買って知人にプレゼントしてあげてください。

もしも余裕があれば、コミカライズの方もどうかお買い上げください。

まぁなんでこういう話をするかと言うと、それなりに瀬戸際ということです（笑）

それでは、第四巻で会えることを祈りつつ、ここで筆を擱《お》かせて頂きます。さようなら。

ヤングガンガン
マンガUP!で
畏れ多くも!!
コミカライズを担当させて頂いている若槻咲美です
早くバリューダさん達をはじめまだマンガに出てない沢山の魅力的なキャラやお話を描きたくてウズウズしてます!! 私もこの作品の大ファンの1人ですーー!!!
3巻発売おめでとうございます!

SQEX ノベル

退屈嫌いの封印術師　3
～封印術師と受け継ぎし者～

著者
空松蓮司

イラストレーター
伊藤宗一

2023年2月7日　初版発行

発行人
松浦克義

発行所
株式会社スクウェア・エニックス
〒160−8430
東京都新宿区新宿6−27−30　新宿イーストサイドスクエア
（お問い合わせ）スクウェア・エニックス　サポートセンター
https://sqex.to/PUB

印刷所
図書印刷株式会社

担当編集
増田翼

装幀
百足屋ユウコ+石田隆（ムシカゴグラフィクス）

ISBN978-4-7575-8399-3　C0093

Printed in Japan